Renate Zeiss

Tribadische (Gute-)Nachtgeschichten

Renate Zeiss

Tribadische (Gute-)Nachtgeschichten

Morgana Frauenbuchverlag
Münster

Erste Auflage 1992

Satz:
Norbert Reinsch, Minden
und Fuldaer Verlagsanstalt, Fulda
Druck:
Fuldaer Verlagsanstalt, Fulda
Titelbild:
Unter Verwendung eines Aquarells von Renate Zeiss
N. Reinsch, Minden
ISBN: 3-925592-10-5

Inhalt

Das Einhorn existiert nicht.

Seine Darstellung, sei es literarisch, sei es bildlich oder plastisch, ist daher sinnlos, unwahr, unproduktiv und ändert nichts an den bisherigen Verhältnissen, und doch – im Traum erspäht – ist es wunderschön und wahr.

EISZEIT

Die Frau im Eis

Seit Monaten durchstreife ich diese einsame, hoch im Norden gelegene Insel, auf der nur noch einige alte Menschen leben. Die Jüngeren wandern seit langem aufs Festland aus, um sich ihren Lebensunterhalt zu sichern. Nur wenige kommen im Alter zurück. Die Insel gerät in Vergessenheit, sie bietet keine Bodenschätze und das Klima hat sich mit der Zeit verschlechtert.

Der Gletscher an der Ostseite beginnt, die Insel langsam zu verschlingen, und die wenigen Ruinen der vor Jahrhunderten errichteten Klöster und Kapellen verschwinden nach und nach unter dem Eis. In einer verfallenen Kirche, auf einem umgestürzten Altarstein, fand ich die Spur einer eingravierten alten Schrift, fotografierte sie, und aus der Vergrößerung ergab sich folgende Übersetzung: DER GROSSEN THA / UNVERGÄNGLICHE / IM BLAUEN PALAST / ...

Ich erinnerte mich daraufhin an die Übersetzung eines Textes aus Carnac, der mir bisher rätselhaft erschienen war:

„Die Priester der THA ... verwehren jedem weiblichen Lebewesen den Zugang zu THA und ihrem blauen Palast. Nie hat eine Frau die Göttin gesehen, sie gilt als die Schöpfung des männlichen einzigen Gottes“.

Ich ließ mich von meinem Posten als Archäologin beurlauben und suchte nach weiteren Hinweisen auf der Insel. Ich konzentrierte mich voll auf diese Aufgabe und begann, den Gletscher und seine Veränderung systematisch in meine Untersuchungen mit einzubeziehen. Dieses Jahr mit seiner überdurchschnittlichen Wärme, so sagen die alten Leute hier, sei der Gletscher besonders aktiv, er bewege sich stärker als je zuvor. Täglich öffnen sich Risse, Eisblöcke brechen ab und offenbaren neue glitzernde Welten.

So stehe ich nun vor einem neu aufgebrochenen Spalt, einer breiten Öffnung, die den Blick freigibt auf eine Grotte von der Größe einer Kathedrale. Durch den sich weit über das Eis ziehenden Riß verteilen sich Strahlenbündel, deren Spiegelung sich in den schillernden Säulengängen vielfach bricht und alle Dimensionen verwischt. Dazu ein regelmäßiges Tropfen, einziger Laut in der kalten Stille.

Ist dies alles wirklich nur die Hand der Natur?

Der Boden, den ich betrete, erscheint mir allzu eben und glatt geschliffen, die Stalagmiten stehen wie Säulen allzu regelmäßig verteilt. Ich folge dem breiten Säulengang, der sich zum Ende der Grotte verbreitert. Wie ein Strom fließt alles Licht, alle Bewegung dorthin, bricht sich an einer Wand aus Eis, grünlich schimmernd, ein eigenes Licht scheint aus ihrem Inneren zu glimmen.

Dieses Licht möchte ich näher betrachten und trete dichter, ganz nah an die Wand. Und sehe, mir stockt der Atem, in der Eiswand einen Kopf, mehr noch, eine Gestalt, das Gesicht mir zugewandt. Deutlich erkenne ich die offenen Augen, die leicht geöffneten vollen Lippen, die hohen Wangenknochen. Ein Gesicht aus Träumen von uralten Statuen aus weichem Stein, deren Trauer den Stein selbst zerrinnen läßt. Und die irgendwann zerfließen als geträumte Erinnerung. Erinnerung an wen? An eine weibliche Gottheit?

Doch dieses Gesicht hier ist kein Traum, scheint nur durch eine leichte, durchsichtige Wand von mir entfernt zu sein, beinahe berührbar und lebendig. Atmet es gar? Geht nicht ein leichter Hauch über diese Lippen? Ich trete noch näher, erhebe mich auf meine Zehenspitzen. Jetzt sehe ich sie ganz dicht vor mir, so nah, daß ich denke, es kann nicht Eis sein, das uns trennt, es kann nicht sein, daß sie unberührbar ist. Ich strecke meine Hand aus, will die Wand durchbrechen, das Gesicht berühren und fühle das Eis und seine Kälte. Unerreichbar dahinter ihr Kopf, ihr Körper. Ich starre sie an, versuche, ihre Augen zu ergründen. Grün schimmernde Smaragde, so leuchtend, als lebe sie, so wirklich. Kann ich diesen Blick einfangen? Fast scheint es so. Doch nein, ich muß mich irren, in diesem Eis eingeschlossen kann kein Leben existieren.

Mein Verstand beginnt zu arbeiten. Dies hier ist ein menschlicher Körper, einst lebendig, nun eingeschlossen in

ewigem Eis, konserviert seit Jahrhunderten. Die in Eis gebannte Haltung entspricht einer erstarrten heftigen Bewegung, vielleicht einem Ringen, einem Kampf, einem Kampf gegen einen weißen Tod?

Dies hier ist der Körper einer Frau, und sie ist tot, seit Jahrhunderten vermutlich. Wer ist sie? Wer ist diese Frau?

„UNVERGÄNGLICHE / IM BLAUEN PALAST / . . . “

Stammt sie aus Zeiten, in denen Menschen Götter waren oder Götter Menschen?

Wer hat sie einst ins Eis gebannt? Hat sie dabei noch gelebt, und wie ist sie Göttin in der männlichen Götterwelt geworden? Hat sie jemand vorsätzlich für diesen alleinigen Zweck eingeeist? Lebendiger als jede Statue und doch tot? Unzerfallbar und unzerstörbar in Jahrhunderten, Jahrtausenden?

Ich starre sie an und suche den blicklosen Blick. Lege meine Hände auf das Eis und will sie berühren. Die Kälte sticht in meine Fingerspitzen, sie werden fühllos und taub. Nein, das geht so nicht. Und doch kann ich nicht aufgeben, sitze stundenlang vor ihr, mit gekreuzten Beinen auf meinem Umhang, warte und suche ihren Blick. Ihre Augen leuchten im Eis, doch springt kein Funke aus ihnen hervor. Die Kälte umklammert mich, macht mich schier bewegungsunfähig, scheint mich selbst langsam zu lähmen.

So sitze ich da, bewegungslos, schaue auf sie, auf ihre Augen. Wie lange dies dauert, weiß ich nicht. Fast scheint mir, als sei ich selbst Teil des Eises geworden. Meine Wünsche, mein Denken, mein Fühlen erlöschen.

Mit jeder Stunde, die vergeht, wandern die einfallenden Lichtbündel der Sonnenstrahlen, gleiten vom eisigen Boden aufwärts, entlang der Wand, vereinen sich zu einem immer stärker konzentrierten Lichtstab, dessen Spitze endlich die Gestalt im Eis berührt, höher steigt und sich den leicht geöffneten Lippen nähert. Der Strahl verharrt auf ihnen, eine Weile, und dann quillt aus dem vollen, so lebendig geschwungenen Mund ein Tropfen, und noch einer, bildet eine schillernde kleine Kugel vor ihren Lippen, die sich langsam zu drehen beginnt. Der Lichtstrahl wandert weiter, umfängt die grün schillernden Augen und nun, mir stockt der Herzschlag, beginnen auch diese zu tropfen, wie Tränen lösen sich kleine Blasen, hauchfein, drehen sich langsam, finden ihren Platz in dem eisigen Bilde.

Ich sitze erstarrt und sehe deutlich: die Frau im Eis weint.

Da kommt mir der Wunsch, diese Blase vor ihrem Mund, ja, diesen Hauch mir zu erwerben, diesen Tropfen mir zu holen, der doch in meine Richtung zu gleiten scheint, hinaus aus der Wand aus Eis. Ich richte mich auf, stehe nun ihr genau gegenüber, drücke meine Handflächen auf die Stelle im Eis, wo der Tropfen sich bewegt. Werden meine Hände zu kalt, stecke ich sie unter meine Achselhöhlen und hauche meinen Atem gegen die Wand vor dem Tropfen. Werden meine Hände wieder warm, drücke ich sie wieder und wieder gegen das Eis.

Langsam weicht die Wand. Immer näher komme ich ihrem

Hauch. Zartdünn wird die gläserne Schicht. Ich nehme meine Hände zurück, fürchte, daß unter meinen Fingern der kostbare Hauch sinnlos zerrinnen werde, lege nun meinen Mund auf das Eis und hauche meinen Atem, immer wieder und wieder.

Und jetzt, jetzt geschieht es, ganz leicht zerspringt die Eishülle. Der Tropfen rollt mir entgegen. Ich fange ihn mit meinen Lippen auf, er schmeckt kalt und süß. In die verlassene Eisschale des Tropfens hauche ich wieder meinen Atem und – es ergreift mich wie ein Blitzschlag – glaube, glaube zu spüren, daß mein Atem aufgesogen wird, aufgenommen von einem anderen Mund, hineingezogen in einen anderen Körper, erst sanft, dann heftiger, mit der Gier einer Verdurstenden. Wieder hauche ich meinen Atem und weiter schmilzt das Eis, gibt nach. Meine Lippen nähern sich ihrem Munde, berühren ihn, eine kalte feste Masse, die weicher wird, wärmer und sich zu öffnen scheint.

Einen Augenblick lang, nur einen kurzen Augenblick.

Dann merke ich, daß der Lichtstrahl sich zurückzieht, schwindet, und die zuvor herrschende Eiseskälte den Platz zurückerobert. Das Eis überzieht die Lippen, verschließt den Mund, überdeckt das Gesicht. Ich weiche zurück, kann nicht dagegen ankämpfen. Nach kurzer Zeit ist die Wand geschlossen, das blanke Eis bietet sich wieder als Mauer. Ich trete zurück, starre auf das unbewegliche Bildnis. Meine Augen suchen den Blick, das Glitzern der Smaragde. Nichts, nichts leuchtet mehr. Die Augen bleiben stumpf.

Die Kälte droht, jeden Funken Leben in mir zu ersticken. Ich zwinge meine starren Glieder, mir zu gehorchen und fliehe hinaus ins Freie, und die Kälte draußen erscheint mir warm in Vergleich zur Grabeskälte im Innern der Grotte.

Wochen sind inzwischen vergangen. Ständig habe ich seitdem überlegt, soll, muß ich diesen Fund preisgeben an die wissenschaftliche Forschung und die Öffentlichkeit. Ich tat es nicht, ich werde es nicht tun. Man würde die Wand aufbrechen, sie zur Schau stellen. Oder – schlimmer noch – würde SIE zum Leben erweckt, welch ein Grauen für SIE.

Ich habe nichts unternommen. Und der wandernde Gletscher hat die Spalte, den Riß im Eis inzwischen zugedeckt.

Doch eines läßt mich nicht mehr los: Das Leben, das ich zu spüren glaubte, den Atem, den ich einzusaugen glaubte, war dies nur eine Reflexion meines Wunsches?
ICH KANN DIESE INSEL NICHT VERLASSEN.

PIETA

Ein wunderschöner goldener Oktober wie selten in den vergangenen Jahren, vergoldete er doch letztendlich die verwüstete Landschaft und die geplünderten Dörfer, vergoldete die Toten, die niemand beerdigen konnte, vergoldete die Cholera, die seit Monaten infolge des verseuchten Trinkwassers wütete, und vergoldete die Hoffnung auf ein Ende dieser Schrecken. Immer neue Heerscharen waren über das geplagte Land hinweggezogen, eine Schleifspur des Grauens hinterlassend. Kampf um den Glauben, wer hatte nun Gott auf seiner Seite?

Die Frau im Einspänner, die Zügel locker in der Hand, richtete keinen Blick auf das letzte Auflodern der Natur. Ihr Blick ging nach innen, voll Schmerz und Trauer. Sie lenkte allein, wollte niemanden um sich haben. Immer wieder sah sie die Bilder der letzten Tage vor sich, wiederholte, konnte nicht aufhören: dieses gemarterte Bündel Mensch, das ihre Tochter gewesen war, ausgelaugt von endlosen Kämpfen des Körpers, um das Kind zur Welt zu bringen. Das Becken war zu klein gewesen, der Durchgang zu eng. Kein Arzt in der Nähe, um einen Kaiserschnitt zu machen. Alle Ärzte waren fortgeholt worden auf die Äcker der Schlachten. Als sie ankam, war alles schon zu spät, der Körper nur noch eine gequälte Masse, fast unkenntlich das Gesicht. Wäre die junge Frau doch schon tot gewesen, doch das war sie nicht. Schlimmer, sie war ein gefoltertes Tier, zu Tode erschöpft. Hatte sie ihre Mutter noch erkannt, vielleicht ihre Gegenwart gespürt? Die blutig gebissenen Lippen, hatten sie sich noch bewegt, als sie sich neben dem Bett niederkniete und ihren Mund auf diese Lippen drückte? Zu spät. Mit bitterem Zorn erkannte sie, da war keine Kraft mehr, nichts. Andernfalls hätte sie selbst ein Messer genommen, hätte das Kind rausgeholt. Alles wäre ihr recht gewesen, jedes Mittel

und jeder Versuch. Aber hätte man sie überhaupt an den Körper ihrer Tochter gelassen? Das Bett war von Menschen umstellt gewesen, allen voran ein hoher Kirchenfürst, um für die Seele der Sterbenden zu sorgen. Daneben die Nonnen, die sie betreut hatten, alle beteten für das Heil der Seele der jungen Frau. Auch ohne Gebet, nach solcher Qual schien ihr das Heil dieser Seele sicher, der Tod bedeutete in jedem Fall Erlösung. Betet für die Erlösung von den Sünden! Welcher Sünden bei einem so jungen Geschöpf? Sie dachte an die Zartheit, an die Zärtlichkeit, die sie mit diesem Geschenk, diesem zauberhaften Geschenk des Himmels aus ihrem eigenen Schoß, verbunden hatte. Es war Liebe auf den ersten Blick gewesen, eine Liebe, die sich ungehindert ausleben durfte, begleitet von Beifall und Rührung der Umwelt, aber zwischen ihnen beiden wie ein geheimnisvoller Zauber. Dieses kleine Geschöpf, weiblich und doch Kind, zärtlich und doch auch Teufelchen, die eigenen Kräfte gegen die der Umwelt ausspielend! Aber immer wieder voller Zutrauen, voller Glauben, voller Einsicht in die eigenen kleinen und großen Fehler. Es blieb ihr unerklärlich, wie dieses Kind aus ihrem Körper so bezaubernd sein konnte. Ihre beiden Söhne wirkten anders, eher wie sie selbst, kräftig, robust, keine Träumer. Ach, was soll's, jetzt waren auch sie nicht mehr da, zum Heer eingezogen, der Krieg würde auch sie verschlingen wie ihren Mann.
Nichts mehr galt in diesen Zeiten. Etwas war aus ihrem Leben herausgeschnitten, sie wußte einfach nicht, wie sie mit dieser Wunde weiterleben konnte. Noch fühlte sie sich wie betäubt. Ein Kind ist nicht für einen selbst da, aber dieses war für sie dagewesen, zwanzig Jahre lang. Sie dachte, daß sie bluten müßte aus dieser Wunde. Doch nicht aus dieser, sondern aus ihrem Körper, da, wo sie ihre Kinder herausgestoßen hatte, dort spürte sie jetzt, daß sie wieder blutete. Nach Monaten. O Gott, sie lächelte bitter, sie würde es nicht wieder schaffen, ein solch kleines Wunder. Sie fühlte sich zu müde.

Ihre Arme, ihre Brust, ihr ganzer Körper schmerzten vor Sehnsucht und Zärtlichkeit für ihre Tochter, dieser toten jungen Frau. Nur einmal noch, nur ein einziges Mal sie in den Armen halten! Halt, Schluß damit. Sie hielt das Pferd an, stieg ab und führte Pferd und Wagen, um sich mit festen Schritten Erleichterung zu verschaffen.

Sie ging nicht allein. Vor ihr, im Schritt, ritt Max, der alte Bursche ihres Mannes. Zu alt für den Krieg, meinte man. Nur sie wußte, wie geschwind er sein konnte, geschickt im Ausspähen, lautlos und Gefahr witternd wie ein Tier. Auf ihn konnte sie sich verlassen. Er genügte ihr als Begleitung. Wo sonst auch Begleitung hernehmen? Alle Männer im Krieg und ihre Mägde, da wollte sie keine sinnlos gefährden. Waren sie jung, so würden sie nur Gefahr laufen, von Soldatenhorden belästigt oder vergewaltigt zu werden. Waren sie alt, würde Rheuma oder Gicht oder die Beschwerden des Alters die Fahrt nicht erleichtern.

Und es war eine schnelle Fahrt gewesen, sie hatte das Pferd und sich nicht geschont. Umsonst.

Sie näherten sich dem Städtchen G. Sie kannte es gut, jedesmal, wenn sie ihre Tochter besuchte, war sie im Gasthof Kreuz abgestiegen. Diesmal, auf ihrem raschen Hinweg, nicht. Aber nun beschloß sie, hier zu nächtigen, sie war müde.

Einige Bauernkarren kamen ihr entgegen, aber es herrschte wenig Verkehr, obwohl Markttag war. Was konnten die verwüsteten Felder und leeren Scheunen schon hergeben?

Leer war auch das Städtchen. Eine Glocke bimmelte, auch hier die Totenglocke? Im Schritt ging es zum Gasthaus Kreuz. Die Wirtin kam herausgeeilt, ihr entgegen. Frau Baronin, Frau Baronin, daß ich Sie sehe, daß Sie kommen, ach, welche Freude. Tränen in den Augen. Was war denn inzwischen hier geschehen? Das übliche, keine Verbindung zu den Kindern, Enkeln, der Mann mit dem einzigen alten Pferd unterwegs zur nächsten Stadt, hören, was so geschieht, wohin sich die Kriegswalze diesmal drehe. Über diesen Ort war sie gerade hinweggerollt, die Schäden hatte man notdürftig repariert. Doch Nahrung blieb knapp, es war geplündert worden, und nur das, was man sorgfältig unter dem Brunnenstein oder im Sand des Kellers verscharrt hatte, war noch da. Aber Sie, Frau Baronin, Sie sollen alles haben, was Sie brauchen. Was brauchte sie schon?

Das große Eckzimmer für die Baronin und sofort ein Feuer im Ofen! Zu essen gäbe es Kartoffeln und Rahm. Wolle sie oben essen, in ihrem Zimmer? Nein, unten in der Gaststube mit Max zusammen. Sie konnte oben nicht allein sein mit dem Gespenst ihrer Erinnerungen.

Kein Hausknecht war mehr da, kein Roßknecht. Max kümmerte sich um die beiden Pferde. Die Bedienung weggelaufen, die Wirtin bediente selbst, froh, mit ihr reden zu können. Die drei Kinder der Wirtin, Knaben, beschäftigten sich in der Gaststube und im Hof, mühten sich, die Arbeiten der Erwachsenen zu erledigen. Ein neues Gesichtchen dabei, voll Sommersprossen, mit rötlich-blondem Haarschopf. Auch ein Bub? Nein, ein Mädchen, hergelaufen, eines der streunenden Kinder, durch den Krieg heimatlos. Hosen habe sie ihr angezogen, Hosen von ihren Buben. Mädchenkleidung sei keine da. Und außerdem sei es besser, die Mädchen in Bubenkleidung laufen zu lassen, wegen der Soldaten. Die nähmen alles, egal wie alt, zwischen acht und achtzig, zwischen die Beine.

Sie aß lustlos, ohne Hunger, der Teller blieb halbvoll. Das hergelaufene Kind starrte immer wieder auf ihren Teller. Möchtest du? Das Mädchen nickte. Komm, sie machte neben sich Platz, iß gleich weiter, gab ihm ihren Löffel. Das Kind löffelte hastig. Nicht so schnell, ich nehm es dir nicht fort. Schau, so nimmst du den

Löffel und dann so zum Mund, langsam. Wo sollten die Kinder das denn lernen? Niemand hatte für sie Zeit. Frau Baronin, da ißt sie bei Ihnen und hat doch selbst hier alles! Nun lauf aber, es wird schon dunkel, hol die Fremde. Sie soll noch etwas zu essen bekommen, beeil dich. Das Kind lief fort.

Was für eine Fremde? Ach, Frau Baronin, ich wollte es Ihnen gerade erzählen. Schrecklich, eine so schöne junge Frau, ganz schrecklich. Sie geht nicht fort vom Friedhof, ist wie versteinert, sieht nichts, hört nichts. Das Kind da, das ist das einzige Lebewesen, auf das sie hört, das sie wahrnimmt. Entsetzlich. Mein Mann fand sie unterwegs, hielt sie für tot, neben ihr lagen zwei Kinder, ein Säugling und ein größeres, beide mit eingeschlagenen Köpfen.

Sie? Sie hatte man nicht getötet, wohl um ein Vergnügen mit ihr zu haben. Hätte man nur! In diesem Zustand ist sie auch zerstört. Ein Söldnerhaufen auf der Straße hatte ihre Kutsche, ihre Begleitung angehalten und dann . . . Sie wissen schon. Alles geplündert, die Begleitung, die Kinder erschlagen, warum, weiß Gott, oder vielleicht auch er nicht. Sie blutete zwischen den Beinen, ich hab sie gewaschen, sie merkte es nicht, ich habe mit ihr geredet, sie hörte es nicht. Nur das Kind hört sie, vielleicht glaubt sie, es sei ihres. Da kommen sie.

Das Kind kam herein, an der Hand eine Frau, eine junge Frau, nicht sehr groß, schmal, dunkles, leicht lockiges Haar, ein schönes Gesicht, fremdartig mit großen, übergroßen Augen. Eine Fremde, ja, das war sie wohl. Aus dieser Gegend stammte sie nicht. Sie sah niemanden an, das Kind führte sie an einen Tisch, sie setzte sich, das Kind holte ihr einen Teller, einen Löffel, setzte sich neben sie, führte den Löffel an ihren Mund. Sie öffnete ihren Mund, aß, nahm dann selbst den Löffel und aß mechanisch weiter. Als sie nach kurzer Zeit aufhörte, aß das Kind den Rest vom Teller.

Niemand weiß, wer sie ist, woher sie kommt. Sie besitzt keine

Münzen, keine Wertgegenstände, nichts. So ist der Krieg! Ganz plötzlich ist nichts mehr da, was sonst da war. Aber sie ist eine vornehme Frau, das sehe ich an ihren Händen, am Gesicht und überhaupt, schloß die Wirtin ihre Überlegungen.

Die Nacht über lag sie schlaflos im Bett, zusammen mit ihren Erinnerungen. Wie oft war ihre Tochter ihr bis hierher entgegengereist. In diesem Zimmer hatten sie gelacht und geredet, hatten glücklich das Bett miteinander geteilt. Sie hatte immer gewartet, bis ihre Tochter in ihren Armen einschlief, wollte selbst nicht schlafen, um keinen Augenblick dieser glücklichen Zufriedenheit zu versäumen. Vorbei. Ein Vogel zwitscherte, als sie endlich Schlaf fand.

Am nächsten Morgen fühlte sie sich müder als je zuvor, am ganzen Körper zerschlagen. Sie sah in den Spiegel, hundert Jahre und noch älter! So fühlte sie sich jedenfalls. Unten, in der Gaststube, wartete Max auf sie, erklärte ihr, er wolle das Pferdegeschirr ausbessern, den Wagen richten, die Bremsen schmieren, kurz, er rate, einen Tag Rast zu halten. Gut, bleiben wir noch einen Tag, eine Nacht länger mit einem geliebten Gespenstchen oben im Zimmer!

Sie wanderte ziellos im Ort umher, kam durch ein Stadttor und fand sich am Friedhof. Da saß sie, die fremde junge Frau, wie lange schon? Starrte blicklos auf zwei kleine Grabhügel, saß nur da und starrte. Sollte sie hingehen und sie ansprechen? Besser nicht, sie hatte das Gefühl, da gab es keine Brücke.

Die darauffolgende Nacht schenkte ihr endlich Schlaf. Doch nur für kurze Zeit. Eine Hand schüttelte sie wach. Frau Baronin, wachen Sie auf, schnell, wachen Sie auf! An ihrem Bett stand die Wirtin im Nachtgewand. Sie kommen wieder, Soldaten, ein ganzes Heer. Mein Mann, er sah sie unterwegs, er ist von der Straße fort durch die Wälder,ist ihnen hierher vorausgeeilt. Frau Baronin, zögern Sie nicht, fahren Sie sofort los, retten Sie sich! Sie zog hastig ihr Kleid über, ihren Mantel, eilte nach unten. Max hatte schon angespannt. Die Dämmerung zog auf. Eine neblige Kühle, ein Duft nach feuchtem Laub. Sie drückte der Wirtin ein Geldstück in die Hand. Diese wehrte ab, Geld, wofür noch, Frau Baronin, für die Plünderer? Und dann, gerade saß sie auf und löste die Zügel, sahen sie sich beide an. Die Fremde, o Gott, die fremde Frau! Schnell, her mit ihr! Die Wirtin eilte fort, kam aber gleich zurück. Sie will nicht, sie versteht mich nicht, sieht mich an, aber tut nichts. Wo ist das Kind? Wieder lief die Wirtin fort. Dann kamen sie beide, die junge Frau und das Kind. Die Fremde zögerte, das Kind zog sie an der Hand näher. Die Baronin streckte ihr die Hand entgegen: Kommen Sie! Schnell rauf! Das Wort, die Geste schien die andere zu verstehen. Sie reichte selbst ihre Hand hinauf, und mit festem Griff zog die Baronin sie neben sich auf den Sitz. Es reichte knapp für zwei. Das Kind!

Sie wandte sich zur Wirtin. Diese nickte schnell. Hopp, rauf mit dir. Für das Mädchen blieb nur etwas Platz zwischen den Füßen der Fremden. Sie löste die Zügel abermals, schnalzte aufmunternd. Die Stute ging im Schritt und verfiel bald in leichten Trab. Hinaus in die Dämmerung.

Nebel in den Niederungen. Aus dem Grau begannen sich Konturen von Blumen herauszulösen. Eine blasse Sonne ohne Röte stieg auf. Da rief Max: fort, weg von der Straße, schnell, hier entlang! Sie bogen auf einer der tief eingefurchten Rillen der Erntewagen von der Straße ab und folgten einem schmalen Pfad bergauf in den Wald. Als es steiler wurde, stieg sie ab und führte das Pferd am Zügel. So zogen sie schweigend den ganzen Tag weiter. Es dämmerte, als sie Halt machten, in der Dunkelheit wurde es zu schwierig weiterzuziehen. Sie klappte das Verdeck des Wagens höher und zog eine Plane über sich und die beiden. Im Sitzen verbrachten sie die Nacht, halb wach, halb schlafend. Der Kopf der jungen Frau war an ihre Schulter gesunken, das Kind lag an ihre

Knie gelehnt. Die Wärme, die von beiden ausging, spürte sie gerne, war ihr angenehm.

Bei Anbruch der Dämmerung zogen sie weiter. Im Schritt, um das Pferd zu schonen, zumal der schmale Pfad keine schnellere Gangart erlaubte. Hufspuren im Schlamm von Max, der ihnen vorausritt. Um die Mittagszeit Rast.

Sie war dem Plätschern eines Baches gefolgt, stand am Ufer auf einem Stein, hockte sich nieder, ließ ihr Wasser ab und schöpfte mit ihrer hohlen Hand Wasser aus dem Bach, um sich zu säubern. Da, ein kurzer heller Schrei. Dann Stille. Sie sprang auf, ließ die Röcke fallen, rannte los. Pferdehufschlag, die Stute galoppierte den schmalen Pfad entlang. Dichtes Laub längs des Pfades bremste die Flucht von Pferd und Wagen. Sie schrie ein langgezogenes Hoooh mit ausgebreiteten Armen, das Pferd blieb schnaubend vor ihr stehen. Niemand war im Wagen. Schneller als sie denken konnte, schnappte sie die schwere Fuhrwerkspeitsche. Zurück den Pfad. Da war die Lichtung. Und ein lautloser Kampf. Zwei Gestalten, zwei Männer. Von einem sah sie nur den Rücken, er lag auf der jungen Frau, die Hose schon heruntergelassen, versuchte, in sie einzudringen. Der andere kniete an ihrem Kopf, mit beiden Händen hielt er ihre Arme gegen den Erdboden gedrückt. Nur den Kopf konnte sie noch bewegen, wie ein Tier in der Falle, von rechts nach links, die Zähne gebleckt zum Zubeißen, gleich, wohin.

Alles geschah sehr schnell, und doch sah sie jede Bewegung wie in Einzelbildern festgehalten vor sich. Der Stiel ihrer schweren Fuhrwerkspeitsche schlug ein wie ein Blitz, ließ den getroffenen Körper aufschnellen, dann war da ein blutiger Streifen. Das nächste Ausholen mit der Peitschenschnur, eine rote Blitzspur im Gesicht des anderen, eine rote Schlange über Augen, Nase und Mund.

Ein Schrei, aber nun aus anderer Kehle. Wieder holte sie aus und wieder. Etwas war in ihr, das sie nicht bremsen konnte. Dazu eine alles verschlingende Kälte in ihrem Kopf, in ihrem Körper, ließ sie funktionieren mit unberechenbarer Kraft. Der, den sie zuerst getroffen hatte, kroch ins Dickicht. Der andere zögerte noch, überlegte, wollte sich auf sie werfen. Im weiten Bogen hatte sie schon ausgeholt. Wieder knüpfte sich die Peitschenschnur mit dem schweren Endknoten um seinen Kopf, riß ihn zu Boden. Grell wie eine Ratte schrie er auf, als sich die Schnur abermals um seinen Kopf krallte und beim Zurückziehen das Fleisch aufriß. Erst als er sich nicht mehr rührte, hielt sie inne. Noch immer fühlte sie diese Eiseskälte in sich. Jetzt erst blickte sie wieder zu der jungen Frau.

Diese hatte sich umgedreht, preßte ihr Gesicht an den Erdboden. Sofort stand sie bei ihr, ergriff sie, zog sie hoch und mit sich zum Wagen, die Peitsche in der anderen Hand. Wenn nur das Pferd nicht fort war! Nein, die Stute stand da, den Hals gesenkt. Mit schnellem Griff hob sie die Frau auf den Wagen, schwang sich selbst hinauf und rief im gleichen Atemzug 'hü, lauf'. Die Stute begann zu galoppieren. Zweige rissen am Wagen, brachen ins Innere, peitschten ihr Gesicht. Sie hatte Mühe, sich auf dem Sitz zu halten. Die junge Frau kauerte so, wie sie hineingefallen war. Gut, sollte sie so bleiben, so war sie geschützt vor den peitschenden Ästen.

Es gelang ihr, den an ihren Knien kauernden Körper mit ihren Beinen einzuklammern, so konnten sie nicht aus dem Wagen geschleudert werden.

Doch das Kind, wo war das Kind?

Später, viel später zwang sie die Stute zum Schritt. Der Pfad hatte sich zum breiten Weg erweitert, Felder kamen in Sicht. Schreie von Krähen und Möwen hörte sie in der Nähe. Möwen, so weit landeinwärts? Kreischend erhob sich der Vogelschwarm bei ihrem Näherkommen. Das war es also. Ein Toter, auf dem Rücken, das

Gesicht dunkelrot aufgedunsen, eine Schlinge um den Hals. Schon hatten die Vögel an den Augen gepickt. Die Kleidung kannte sie. Sie fiel auf die Knie und erbrach sich. Max, also dich haben sie erwischt. Kein Schuß, nein, eine Schlinge, eine Falle. Deserteure vermutlich, auch die beiden anderen vielleicht Deserteure, sonst hätten sie geschossen. Schüsse sind weit zu hören und verräterisch! O Gott, sie krümmte sich. Dann der Gedanke, wo sind sie jetzt und wieviele? Zurück zum Pferd, zum Wagen. Und Max? So liegenlassen? O Gott. Sie nahm etwas Ackerkrume, streute sie über das zerstörte Gesicht. Verzeih mir, ich habe zu viel Angst! Auf den Wagen und weiter. Der Vogelschwarm senkte sich mit schrillem Schrei. Vater unser, der du bist im Himmel ...

Sie zwang sich, nicht zu zittern. Wohin jetzt? Höher im Bergwald, Richtung Norden, da gab es eine Hütte. Ihr Mann war dort gelegentlich zur Jagd gegangen, hatte sie einige Male mitgenommen. Dahin also, nur nicht in die Ebene, der Geruch von Brand und Zerstörung drang bis in die Wälder hinauf. Wo war das Kind? Hatten sie es getötet? Oder war es rechtzeitig untergetaucht? Nicht mehr denken, nur weiter.

Als es steiler bergauf ging, saß sie ab und führte die Stute. Und sie fand die Hütte. Niemand hatte sie aufgebrochen, niemand hatte in ihr gewütet. In diese Einsamkeit kam so leicht niemand herauf. Und Deserteure? Hier oben gab es nichts zu plündern, hoffentlich wußten sie das und blieben im Tal.

Sie spannte das Pferd aus, führte es in den Stall. Die junge Frau hatte sich nicht gerührt. Sie ging zu ihr, sagte leise, komm, und streckte ihr die Hand entgegen. Die Fremde zuckte bei der Berührung zusammen, erhob sich langsam und stieg ab. Sie nahm sie mit sich in die Hütte, ließ sie niedersitzen, holte Wasser von der Quelle. In der Hütte war es kalt, doch Feuer wollte sie nicht machen, der Rauch würde sie nur verraten.

Behutsam öffnete sie den Umhang der jungen Frau. Das Kleid war zerrissen, voll Blut, Flecken und Erde. Blut an den Beinen. Mit einem Tuch säuberte sie, soweit es ging, zog die Reste des Kleides ab, wusch mit frischem Wasser das Gesicht, hob einen Becher Wasser an die Lippen. Die Frau trank in großen Zügen. Dann zog sie sie vorsichtig hoch von der Bank und zum Lager hinüber, deckte die wollenen Decken auf und brachte sie dazu, sich hinzulegen. Sie trug die Reste der Kleidung fort, nichts davon war noch zu gebrauchen. Vielleicht fand sich etwas zum Anziehen hier in der Hütte. Aber nicht jetzt. Sie merkte, daß ihre Kräfte verbraucht waren.

Ihr verschwitztes Kleid zog sie aus, wusch sich hastig, trank Wasser, viel Wasser, begann zu zittern, ging zum Lager und kroch unter die Decken.

Vater unser ... Das Zittern ließ nicht nach. Das Lager war nicht breit. Dicht an die andere gedrückt, legte sie sich auf die Seite und schlang einen Arm um sie. Allmählich begann die Wärme sich auszubreiten. Die Stille draußen drang bis zu ihr. Immer wieder sah sie das gedunsene Gesicht vor sich, konnte es nicht aus ihrer Erinnerung verbannen. Tränen sammelten sich in ihren Augen, rannen seitwärts auf das Kissen. Sie konnte ihr Schluchzen nicht mehr zurückhalten, es schüttelte sie. Die regungslose Gestalt neben ihr bewegte sich, wandte sich ihr zu, zwei Arme legten sich um ihren Hals. Mit beiden Händen griff sie zu und zog die junge Frau an sich, umschlang sie und weinte, erstmals seit dem Tode ihrer Tochter weinte sie, konnte kein Ende finden. Danach lag sie erschöpft da, die schmale Gestalt in ihren Armen haltend. Sie empfand das leichte Gewicht, die Körperwärme als tröstlich. Endlich fand sie Ruhe und schlief ein.

Sie erwachte beim ersten Morgendämmern, konnte sich erst nicht recht erinnern und war verwundert über einen Körper in ihren Armen, der fast auf ihr lag. Vorsichtig wollte sie die leichte Bürde seitwärts gleiten lassen. Die junge Frau seufzte auf und schlang die Arme nur dichter um sie. Ganz plötzlich war da etwas anderes, irgendwas ging vor sich, sie wußte nicht, was. Sie lag da, horchte auf die Stille, auf die Spur einer Bewegung. Und diese kam.

Ganz unmerklich und sanft begann sich der Körper auf ihr zu bewegen, nicht im Schlaf, nein, bewußt und immer bewußter, schien ihr. Ja, sie erkannte diese Bewegung, konnte und wollte gar nicht anders, gab gerne Antwort. Mit beiden Armen umfing sie die schmale Gestalt und verstärkte die Bewegung, sanft und unmerklich erst, dann deutlicher. Sie fühlte, wie sich ihr Innerstes öffnete, den Widerstand suchte, den Körper über sich wünschte, an sich drückte, gegen ihre pochende Mitte. In gleicher Bewegung schaukelten sie sich sacht, dann heftiger, stärker. Es war die junge Frau, die einen hellen Schrei ausstieß, sich fallenließ. Sie hielt sie weiterhin fest umarmt und wiegte sie mit ihrem Körper. Und kam, spürte, wie ihre eigene Nässe aus ihr emporstieg, drückte den leichten Schoß an sich, brauchte ihn.

Lange Zeit lagen sie schwer atmend umschlungen. Was war das gewesen? War sie denn wahnsinnig? Was war denn eigentlich los mit ihr? Erst mit der Peitsche einen Mann fast erschlagen, dann einen Toten unbeerdigt liegen lassen und nun ...? Hatte sich alles umgekehrt? Ja, so war es wohl. Und nicht sie war die Verursacherin. Mit beiden Armen hielt sie die junge Frau umfangen. Wenn die Zeiten so waren, dann waren es die Zeiten und die Umstände, die sie zu Neuem trieben.

An nächsten Tag streifte sie allein, zu Fuß, durch die Wälder, versuchte, sich Klarheit darüber zu verschaffen, ob hier noch andere Menschen lebten, sich verbargen. Sie stieg auf Felsvorsprünge, die ihr Überblick boten, kein Anzeichen dafür. Kein Rauch irgendeines Feuers. In ihrer Hütte fand sie Nahrungsmittel, Bohnen,

Mehl. Sie wagte es, mit wenig Holz ein Feuer zu machen und erstmals seit ihrer Flucht ein Essen zuzubereiten. Der jungen Frau hatte sie ihren eigenen Umhang gegeben und einen in der Hütte gefundenen Jagdumhang genommen, der ihrem Mann gehörte. Beim Aufstehen frühmorgens hatte sie sich gefragt, ob das Ereignis der vergangenen Nacht nur ein Zufall gewesen war, hervorgerufen durch die dichte Nähe, oder vielleicht die Verlängerung eines Traums. Die junge Frau verhielt sich wie immer still, abwesend. Doch als sie sich mit einem Teller Bohnen neben sie setzte, um sie zum Essen anzuregen, lächelte diese ihr zu, hob die Hand und strich ihr scheu und zärtlich über Gesicht und Haar.

Die Tage und Nächte, die nun folgten, waren das, was sie sich unter einem Paradies vorstellte. Sie lebten für sich, in einer kleinen, ruhigen Welt. Jeden Gedanken an Vergangenheit und Zukunft hatte sie beiseitegeschoben. Sie ahnte, sie fürchtete jedoch, daß das Dasein im Paradies seinen Preis fordern würde, und wollte jede Stunde im Garten Eden bewußt leben.

Es konnte nicht ewig dauern. Bald gingen die Lebensmittel zu Ende, es wurde kälter, und sie durften hier in den Bergen nicht einschneien; ohne Vorräte würden sie bis zum Frühjahr verhungern. Und so mußten sie eines Tages den Abgang wagen. Sie führte Pferd und Wagen bergab, die junge Frau ging neben ihr. Nie hatte diese gesprochen, war weiterhin stummgeblieben, aber die Augen schauten hell und aufmerksam. Nun, beim Hinabsteigen in die Täler, verschloß sich ihr Gesicht.

Die Straßen schienen ruhig, nur wenige Fuhrwerke begegneten ihnen. Sie befragte Leute auf den Feldern, nein, Soldaten habe man in den letzten Wochen nicht gesehen. In G., einer kleinen Residenzstadt, machten sie halt. Sie hatte sich in G. nie gern aufgehalten, das höfische Verhalten, den Klatsch in einer Residenz mochte sie nicht. Die alte Gräfin M., sie konnte sich kaum an sie erinnern, war es, die sie erkannte, und die ihr und ihrer hübschen Tochter, wie sie sagte, Quartier anbot, war ihr Haus doch verschont geblieben. Ein Wunder, das durch den Aufenthalt zweier schöner Frauen, so sagte sie, beglaubigt werden solle. Sie hatte bei dem Wort Tochter nicht widersprochen.

Eines Tages, sie spazierten mit der Gräfin M. in den Parkanlagen, näherten sich ihnen einige Personen von hohem Rang, die Gräfin erwies ihre Referenz. Sie war mit der jungen Frau, die nie von ihrer Seite wich, stehengeblieben, wollte nicht bemerkt werden. Umsonst, die Gräfin winkte ihnen, sie möge näherkommen und stellte sie vor, Baronin F. mit ihrer Tochter. Freundliche, unverbindliche Worte und man ging weiter. Doch am nächsten Tag kam eine Kutsche und eine Botschaft vom Hof, man bäte um eine kurze Unterredung, sie möge die Freundlichkeit haben... Sie hatte sie. Sie ahnte, was kam.

Man empfing sie liebenswürdig, kam ihr entgegen, führte sie in ein Kabinett, schloß die Tür. Die junge Frau an ihrer Seite, sie sei nicht ihre Tochter, nicht wahr? Nein. Sie schilderte in kurzen Worten die Umstände des Auffindens der jungen Frau, die toten Kinder, ihre absolute Stummheit, ja, Abwesenheit, die Flucht in die Berge, und ihre jetzige Lage. Es hatte wenig Sinn, etwas zu verheimlichen. Nun erfuhr sie, diese stumme Frau an ihrer Seite sei Gattin des Fürsten von T., gebürtig aus der Lombardei. Wie sie in den Kriegswirren nach B. geraten sei, blieb ungeklärt. Tatsache war, daß sie gefunden war, es müsse eine Nachricht an den Hof geschickt werden, bis dahin... Sie wehrte ab, nein, ich bitte, keinen Ortswechsel. Die junge Frau sei noch zu verstört, vertraue nur ihr. Nun, man wolle abwarten, einstweilen waren sie bei der Gräfin M. ja standesgemäß untergebracht.

Das Ende kam unweigerlich.

Des Nachts hielt sie die junge Frau stumm in den Armen, die sich eng an sie schmiegte. Sie schliefen in einem Bett, das breit genug war. Hatte sie doch der Gräfin M. erklärt, daß die junge Frau dazu neige, aufgrund der Kriegserlebnisse laut im Schlaf aufzuschreien, das könne sie eindämmen durch ihre Anwesenheit. Tochter, das wollte sie auch klären, aber die Gräfin verlangte keine Erklärung. Sie fühlte Zuneigung zu dieser klugen alten Frau, die vermutlich vieles ahnte.

Immer wieder dachte sie darüber nach, wie sie den Gemütszustand der jungen Frau ihrer Umwelt erklären konnte. Ein Leben bei Hofe, das Bett zu teilen mit einem Herrscher, die Intrigen zu ertragen, sie wußte genau, das ging nicht gut. Auf der anderen Seite, würde man sie als geistig gestört einschätzen, so wäre auch das ein fürchterliches Ende. Sie kannte einige dieser Anstalten, oder besser gesagt, dieser Gefängnisse.

Einige Tage später hatte sie ihre einzige Unterredung mit dem Fürsten von T., einem schönen, herrischen Mann, der ihr für die Rettung seiner Gemahlin seinen verbindlichen Dank aussprach und ihr versicherte, daß er seine schöne junge Frau trotz allem, was ihr passiert sei, als seine Gattin weiterhin an seiner Seite wünsche. – „Ja, auch wenn sich ihr Geist verwirrte, sie wird ein schönes Gefäß für meine Kinder sein." – *„Täuschen Sie sich nicht, sie nehmen ein zersprungenes Gefäß, es wird dabei zerbrechen." – „Sie ist vor Gott meine Frau und sie bleibt es, zersprungen oder nicht, die Kirche wird es flicken." – „Geben Sie sie in den Schoß der Kirche, in ein Kloster. Dort wird sie Ruhe finden. Ruhe, die sie vielleicht bereits von Gott bekam, als sich ihr Geist verschloß." – „Nein, das heilige Band der Ehe verbindet uns bis zum Tode. Und so werde ich ihr als Ehemann beiliegen, so will es Gott. Und sie soll mir Kinder gebären, so will es Gott." – „Sie ist nicht mehr sie selbst, denken Sie doch daran."* –

Sie dachte mit Entsetzen daran, was geschähe, wenn sie, die junge

Frau, aus ihrer verborgenen Ruhe, aus ihrer geheimen Zärtlichkeit gerissen würde. Sie würde es nicht ertragen, nicht mehr, davon war sie überzeugt.

Es kam, wie Gesellschaft und Kirche es forderten. Mit dem steinernen Gesicht ihrer ersten Begegnung ging die junge Frau fort. Kein Abschied fand statt, sie wollte ihn nicht fordern aus Angst vor einem Gefühlsausbruch, und die junge Frau, vermutete sie, sah nur eine Mauer vor sich.

Am nächsten Morgen ein Hämmern, Klopfen an ihrer Tür. Schreiend stürzte eine der Mägde herein. „Sie hat sich umgebracht, alles ist voll Blut, o Gott, alles voll Blut, sie hat sich aufgeschnitten, beide Pulsadern, o Gott!“

Sie hastete an der Magd vorbei, wußte, es ist alles zu spät. Die Tür zum Schlafgemach stand offen, dann sah sie selbst: eine riesige Blutlache, wie kann ein Mensch so viel Blut in sich haben? Und sie, die junge Frau, eine Hand hing ihr herunter, aus dem Bett, die andere lag seitlich, ausgestreckt wie ein schwacher Hilferuf. Sie lag dort wie schlafend, das Gesicht schon ganz ruhig, träumerisch, entspannt. Nur, so weiß, so schrecklich matt und weiß.

War es nicht ihre Tochter, die da vor ihr lag, war es nicht sie?

Die Bilder verwischten sich, beide waren eins, so zart und nun zerstört. Sie setzte sich auf den Bettrand. Diesmal stand kein Pfaffe dabei, niemand machte ihr den Platz am Bett streitig. Ach ja, es handelte sich um Selbstmord, um Todsünde, die Kirche ist dann nicht dabei. Sie streckte ihre Hand aus und streichelte sanft das kalte Gesicht. Hat es sehr weh getan, mein Liebes? Jetzt ist es vorbei. Wie damals am Bett ihrer Tochter hatte sie das seltsame Gefühl, den Wunsch, diesen zerstörten Körper ganz in sich aufzunehmen, ihn zurückzunehmen, in sich zu bergen, für immer. War sie denn verrückt geworden? Nein, jetzt wollte sie tun und denken, denken und tun, was richtig war, wenn auch zu spät.

Mit ihren Händen griff sie zu, hob den schmalen und doch so schweren Körper auf ihren Schoß, öffnete ihr Gewand und legte den Kopf an ihre bloße Brust, wiegte den toten Körper in ihren Armen. Maria, Pietá, hältst immer deinen Sohn auf deinem Schoß. Wo bleibt deine Tochter?

Pietá, für wen ist dein Schoß?

Bitter mußte sie lächeln. Maria, Pietá, o ja, auf ihrem Schoß darf der Sohn liegen, schmerzvoll umfangen. Getötet für die Sünden dieser Welt, umgekommen für das Heil der Welt. Das beten sie an. Hier, dies hier, was hier geschah, das bleibt im Verborgenen. Eine Frau hat nicht im Schoß der Mutter zu liegen oder überhaupt im Schoß einer Frau. Weiter gingen ihre Gedanken. Gestorben waren sie nun beide, ihre Tochter für die Menschheit, ein Opfer für die Fortpflanzung, und diese junge Frau nun für die bloße sinnlose Aufrechterhaltung gesellschaftlicher Normen, ein Opfer der Brutalität und des Krieges. Opfer! Opfer und für wen? Mit den Lippen berührte sie das Haar der jungen Frau. Tochter, Geliebte, ja, beides, wo hört Liebe auf, ist sie denn meßbar, ist sie einrahmbar wie ein Bild, ein schönes Gemälde?

Es waren dann nur die Dienstmägde, die kamen. Sie sahen sie scheu an, baten um Verzeihung, daß sie ihr den toten Körper fortnahmen, das Blut aufwischten. Sie wollte aufstehen, doch ihre Beine, ihre Füße waren eingeschlafen, versagten den Dienst. Eine der Mägde, sie war groß und breit und roch nach Schweiß, half ihr auf, und die rauhen Hände waren sanft und hilfreich.

Ein grauer Dezember, für die Jahreszeit zu mild. Kein Frost hatte die Erde gehärtet, kein Schnee verhüllte mitleidig die Spuren, die der Krieg hinterlassen hatte. Sie dachte mit Schaudern an den Hügel, den sie beim Verlassen der Stadt gesehen hatte, am Rande der Straße, an die Galgen, an denen sie alle hingen, Deserteure, Marodeure, aufgegriffen von den Soldaten des Fürsten T. Die Luft war erfüllt gewesen vom grellen Kreischen der Möwen und Krähenschwärme.

Vor ihr ritten Soldaten des Fürsten. Sie hatte keine Begleitung gewünscht, doch der Fürst wollte ihr den Passierschein verweigern, falls sie seine Schutzeskorte ablehnte. Also hatte sie akzeptiert. Sie wollte fort, um jeden Preis wollte sie fort.

Das Pferd ging im Schritt, sie hatte keine Eile. Nichts zog sie zurück, nichts hielt sie hier, allzu leer fühlte sie sich, um Wünsche, Hoffnungen zu haben. Wie würde ihr Gut, ihr Hof aussehen? Auch eine Ruine, verbrannt?

Eine geringe Erschütterung am Wagen, eine kleine Bewegung unterbrach ihren Gedankengang, sie wandte sich um. Ein struppiger Kopf mit rötlichen Haaren, ein kleines Gesicht, voll Sommersprossen, nicht sauber, das war alles, was sie sah. Das Kind, da war es. Hinten auf den Wagen aufgesprungen stand es auf dem Lakaienbrett und lächelte sie an. Strahlte über das ganze Gesicht.

Sie streckte die Hand aus, das Kind kletterte geschickt über den Rücksitz zu ihr. Sie zog es neben sich, nahm die Zügel in eine Hand und hielt mit der anderen den kleinen Körper fest an sich gedrückt.

TATORT

eine Liebesgeschichte

Die Form der Hügel ist noch immer gleichgeblieben. Da sind noch die Bäume von einst, aber wie damals gibt es keinen echten Wald hier, eher Parkanlagen. Einen Wald, wie ich ihn aus meiner frühesten Kindheit im Osten Deutschlands kenne, den gab und gibt es hier nicht. Dreißig Jahre sind es her, daß ich hier lebte. Und wo dic Stätten meiner Träume lagen, sehe ich nun Autostraßen, Kreuzungen. Unter ihnen begraben die Gruft meiner Träume, meiner Sehnsüchte, die Quellen meines Lebens. Oder, wie ich jetzt weiß, die Geburt meines Nicht-Lebens.

Langsam fahre ich die kurvenreiche Straße hinunter, gleich rechts kam doch die kleine Abzweigung. Das Sträßchen führte seinerzeit einen Bach entlang durch ein schmales Tal. Und dann kam das Haus. Was ist jetzt dort? Würde ich nicht die Form der Hügel so gut kennen, niemals würde ich hier etwas wiedererkennen. Eine Ampel, breitspurige Einteilung in Abzweigungen, rechts, links, geradeaus. Ich fahre rechts. Hier müßte es sein. Das Haus ist längst abgerissen. Von dem Garten, diesem Garten mit geheimnisvollen Figuren, mit Moos bewachsene Gestalten, die verborgen im wild wuchernden Gestrüpp ihr Dasein verdämmerten, ist nichts mehr zu sehen. Der Teich mit seinen schlüpfrigen Steinen mit schleimigen Gewächsen und Goldfischen, um die sich Gottweißwer kümmerte. Hatte ich jemals jemand anderen in diesem Garten außer mir und Paul gesehen? Ich kann mich nicht daran erinnern, aber es muß wohl gelegentlich jemand dagewesen sein, sonst wären alle Wege und der Teich zugewachsen, aber das waren sie nie. Haus und Garten, alles lebte in einem ständigen Dämmerlicht. Es paßte zu uns, zu Paul und mir.

Das Ganze gehörte einer alten Dame, die, da sie mit meinen Großeltern, später auch mit meinen Eltern befreundet war, den Namen „Tante" erhalten hatte und somit als Verwandte betrachtet wurde. Ihr großes, leerstehendes Haus bot uns nach dem Krieg eine Bleibe. Und nicht nur uns, eine Vielzahl von anderen Gestalten lebte in diesem Haus. Da war meine Mutter mit den beiden „Kleinen", meinen weitaus jüngeren Geschwistern. Da hauste Pauls Vater mit Paul im Souterrain, da wohnte der alte Herr B. im ehemaligen Gästezimmer. Und da war . . . , ja, da war das Klavierspiel, das ständige Klavierspiel, bis spät nachts kam es aus den geöffneten Glastüren, drang auf die riesige Terrasse, rieselte die breite Treppe hinab und versickerte im Dickicht des Gartens. Auf den Stufen dieser Treppe saß ich, saßen wir, Paul und ich. Aber oft, sehr oft, saß ich allein dort und hörte, lauschte, versank in dieser Flut aus Tönen. Meine Mutter schalt mich, schimpfte mit uns, ich täte nichts, verträumte nur den ganzen Tag. Wie recht sie hatte. Ich war zu nichts zu gebrauchen, zu groß für mein Alter, zu verschlossen, weigerte mich, mit den „Gänsen", den Mädchen aus der Nachbarschaft zu spielen. Paul war fast wie ich, kam mir gerade recht, wurde mein Bruder, mein zweites Ich, mein Vertrauter. Wir besaßen gemeinsam eines, diesen Platz zum Lauschen, zum Versinken.

Wer dort spielte? Es war die Nichte, eine wirkliche Nichte der Tante. Nie gelang es mir, sie bei Tag zu Gesicht zu bekommen. Nie verließ sie das Haus bei Tageslicht. Aber nachts, in den Nächten vor allem, in denen der volle Mond leuchtete, ging sie raus, zum Stall, holte sich jenes Prachtstück, um dessentwillen Pauls Vater dann zitterte, und den er, sie verfluchend, am nächsten Morgen striegelte, sie holte den verzaubert im Dunkeln leuchtenden Lippizaner heraus. Wie ein einziges Geschöpf, so erschienen sie mir beide, wenn sie, nur vom leichten Hufschlag begleitet, im dämmrigen Blau der Nacht verschwanden. Bei Tag sah ich dann das

Pferd, Pauls Vater brachte es auf die Koppel, fütterte es, tränkte es; er liebte es. Das war wohl das einzige, was er liebte. Außer der Schnapsflasche. Aber, uns beide ließ er in Ruhe.

Wie ich schon sagte, die Nichte sah ich nie. Ich kannte sie nur von Äußerungen meiner Mutter her, die nicht sehr lobend über sie redete. Aber da hatte ich ja einiges gemeinsam mit ihr. Wenn sie wenigstens auftreten würde, wenn sie doch nur etwas Geld einbrächte mit ihrem ewigen Klavierspiel, meinte meine Mutter, aber nichts Konkretes macht sie, gar nichts tut sie. Wie kann ein Mensch so leben?

Die Nichte! Ich legte mich auf die Lauer, schlich mich nachts raus in der Erwartung, daß sie zum Stall gehen würde. Ich achtete auf die Mondphasen, auf Vollmond, Neumond. Und dann hatte ich es, lernte, wann sie das Haus verließ, wann sie ihre Wahnsinnsritte, so nannte Pauls Vater das, wann sie ihre Streifzüge in die umliegenden Wälder machte.

Ich wartete auf ihre Rückkehr, kletterte schnell außen am Spalier hoch in mein Zimmer, wenn sie und das Pferd im Stall verschwanden. Nein, das war nur anfangs so, daß ich mich blitzschnell zurückzog. Später blieb ich, versteckte mich vorm Stall im Gebüsch, wurde mutiger, versteckte mich im Stall, regungslos. Ich wollte sie sehen, wollte all ihre Bewegungen wahrnehmen.

Und sah sie. So schlampig, wie Pauls Vater schimpfte, war sie ja gar nicht!

Sie zündete die Stallaterne an, sie nahm dem Pferd die Trense ab, brachte ihm einen Eimer Wasser, rieb es ab, säuberte die Hufe und streichelte es. Und ich hörte ihre Stimme, eine warme, leise, zärtliche Stimme. Sah ihr Gesicht, ja, es paßte zu ihrer Stimme, zu ihrer Musik. Blaß, schmal, ihre dunklen glatten Haare trug sie in einen Knoten gefaßt im Nacken. Ich rührte mich nicht, wagte kaum zu atmen.

Dies hier war es, was ich immer gesucht hatte.

Diese Frau und das Pferd, wurden sie der lnhalt meiner Traumwelt?

Es muß wohl so gewesen sein. Schließlich wollte ich teilhaben an dieser Welt. Das war mein Fehler. Man soll Träume nicht mit der Wirklichkeit vermischen.

Jetzt kannte ich nur noch einen Lebenssinn. Ich beobachtete sie. Mein Tages- und Nachtablauf war von ihrem bestimmt. Sie ahnte nichts davon. Zusehen, Zuhören allein genügte mir bald nicht mehr, ich wollte mehr, ich wollte, daß sie mich wahrnähme, mich anschaute, mit mir redete. Aber, wer war ich denn? Ich fühlte mich schüchtern, unscheinbar, gehemmt. Nichts konnte ich ihr bieten. Ich begann, ihr Blumen und hübsche Steine auf die Schwelle der Terrassentür zu legen, fügte eine Handvoll Beeren hinzu. Sie sah es wohl nicht, nie nahm sie etwas an. Die Steine häuften sich, die Blumen verwelkten, die Beeren verfaulten.

Mich ihr des Nachts zu nähern, wagte ich nicht. Mir schien, als vollführe sie in der Nacht einen verbotenen Traum, in dem sie nicht gestört werden wollte. So wenig, wie ich in meinem Dasein auf ihren Stufen gestört werden wollte. Schon war ich bereit, mich mit meinem bescheidenen Lauscherdasein abzufinden, da veränderte sich etwas. Paul war der erste, der mich darauf hinwies.

Es nistet sich hier so’n Scheißkerl ein, murmelte er eines Tages in das Klavierspiel hinein. Wir hockten auf den Stufen. Scharwenzelt immer um sie herum, sagt, er will sie heiraten. Das Haus will er, um es abreißen zu lassen. Hochhäuser sollen hier her. Dann wird er stinkreich, kann für immer auf seinem Arsch sitzenbleiben. Woher er denn den Quatsch habe? Mein Vater sagt es, der hat es von einem Architekten, mit dem er immer Skat kloppt. Das wird ein irres Projekt, sagt er, da werden sich alle ’ne Scheibe abschneiden. Gehört ihr denn das Haus? Ja doch, die Tante hat es ihr längst überschrieben. Und die Tante wäre damit einverstanden? Klar doch, sie will dann in ein Altersheim. Und sie, die Nichte, was wird sie tun? Die nimmt den doch nicht? Weiß man nicht, bis jetzt ziert sie sich. Aha, der alberne, aufgeblasene Wagen, der neuerdings vor der Tür stand. Das war es also. Mit kurzgeschorenem Amihaarschnitt, dick und fad, so fand ich ihn. Das konnte nichts werden, dachte ich. Eine verwunschene Prinzessin und der? Unmöglich.

Ihr nächtliches Ausreiten fand jetzt seltener und später statt. Öfter hörte man dafür Stimmengewirr und Gläserklirren durch die Glastür. Paul und ich, wir saßen schweigend auf den Stufen, eine Einheit des Abscheus, der Mißbilligung. Anstelle des Klavierspiels erschollen Männerstimmen, zuweilen auch die alte, brüchige Stimme der Tante. Nur *ihre* Stimme hörte ich nie.

Dann kam der Abend, die Nacht. Es regnete sehr stark. Paul war verschwunden. Da stand sie plötzlich in der Tür. Sie ging die Stufen hinunter, ließ die Stimmen hinter sich. Sie wandte sich nicht zum Stall, nein, sie eilte in den Garten, verschwand hinter den Hecken. Ich hatte Mühe, ihr in der Dunkelheit zu folgen. Der Regen plätscherte eintönig, es roch nach Laub und Blüten. Im Garten war es so finster, doch ich sah sie, fand sie. Vor einer der Figuren war sie stehengeblieben, vor der Statue einer jungen Frau, die sich dort leicht gegen einen Sockel lehnte. So klein und zart mir diese erschien, hatte ich sie immer für eine Fee gehalten, die durch einen bösen Geist in Stein verwandelt worden war. Vor dieser Statue stand sie nun, sank langsam in die Knie, umschlang mit ihren Armen die kleine Steinfigur. Sie legte ihren Kopf an die schmale Schulter, und ich hörte ihr Schluchzen. Mein Herzschlag setzte aus, ich konnte mich nicht rühren. Der Regen bildete einen dichten Vorhang zwischen ihr und mir. Dann tat ich einen Schritt und noch einen, stand hinter ihr. Ich hielt es nicht aus, streckte meine

Hand zu ihr rüber, berührte ihre Schulter. Sie fuhr herum, als habe eine Schlange sie gebissen. Du, zischte sie, was hast du hier zu suchen? Warum seid ihr denn nie im Haus, du und Paul? Was treibt ihr euch ständig hier herum? Könnt ihr mich denn nicht in Ruhe lassen? Denkt ihr, ich merk das nicht? Verschwindet, laßt mich allein! Entsetzen schnürte mir die Kehle zu, aber, welch ein Glück, ich konnte mich bewegen, ich rannte, rannte blindlings los, irgendwohin und lief und lief.

Am nächsten Tag saß Paul wie immer auf den Stufen. Ich zögerte, wollte mich nicht mehr dort niederlassen. Was hast du, bist du plötzlich taub geworden, fauchte er, und die Töne des Flügels perlten zu uns. Zögernd nahm ich neben ihm Platz, wir schwiegen. Es dauerte eine Weile, dann konnte ich nicht anders und flüsterte, ich hasse sie, ich hasse sie. Paul sagte nur, du auch? Ich starrte ihn an. Welche Gründe hatte er denn? Doch ich fühlte mich zu krank, zu betäubt, ihn danach zu fragen. Und auch, woher sie denn unsere Namen wußte.

Doch saß ich wieder auf den Stufen. Es war ein Abend, an dem der Flügel schwieg und wieder Stimmengewirr und Gläserklirren auf die Terrasse drangen. Paul wußte, Verlobung feiern sie heute, nun hat er alles in der Tasche, alles, auch sie. Aus ist es hier mit allem, aus mit ihr. Wieso mit ihr? Ich blickte Paul an, auch er sah elend aus. Er liebte sie also, haßte er sie auch?

Ich flüsterte, warum konnte sie nicht alles so lassen, wie es war? Wir hätten sie mit den Augen, mit den Ohren geliebt. Der Garten wäre zugewachsen, wir wären allein mit ihr hiergeblieben. Wir hätten sie zwischen uns genommen, hätten ihre Hand gehalten, hätten sie gestreichelt. Das Pferd hätten wir gestriegelt und gefüttert. Niemanden hätten wir gebraucht. Alle drei wären wir hier glücklich gewesen. Was brauchten wir denn Geld oder sonstige Dinge!

Was redete ich denn da? Wie dumm war ich denn eigentlich. Sie wollte uns nicht, sie lehnte uns ab. Diesen Traum konnte ich nicht mehr aufrecht halten. Paul hielt meine Schultern umfangen, wir überlegten. – Sie darf ihn nicht heiraten, niemanden wird sie heiraten. Und dieser Kerl wird seine Hände weder auf sie noch auf dieses alles hier legen. Er wird hier nichts zerstören, auch nicht sie. Zerstören, dieses Wort war uns vertraut. Wir waren uns einig, wir mußten etwas tun. Und ich glaube, wir wußten sofort, was wir tun würden.

Es war nicht schwer. Da war das Pferd, da waren ihre wilden Ausritte, der Hohlweg, durch den sie jedesmal rasten. Und da war der Draht, den wir spannten. Von dem in der Finsternis der Nacht nichts zu sehen war. Ich hörte den Sturz und fror.

Das Pferd erhob sich rasch, blieb zitternd neben ihr stehen.

Ich wagte es, kroch zu ihr, legte eine Hand auf ihr Gesicht. Warm fühlte es sich an, aber die ganze Gestalt so schlaff, so anders, der Kopf in einem falschen Verhältnis zum Körper. Diese Fremdheit, diese Leblosigkeit war es, die alles veränderte. Ich schlang die Arme um sie. Ihre Haut war weich und doch fehlte etwas. Ihre Augen standen weit offen, stumpf und blicklos. Kein Funken mehr in ihnen.

Sie war tot. Ich hatte im Krieg Tote gesehen, erkannte die Unabänderlichkeit. Jetzt hatte ich sie in meinen Armen, hielt sie, eine Fremde, eine Tote.

Ich hörte das Knacken der Schere, mit der Paul den Draht durchschnitt, abschnitt. Es knackte mehrfach, bis er alles entfernt hatte. Und immer noch hielt ich sie. Der Morgen dämmerte, die Konturen der Bäume, der Sträucher schälten sich aus dem Nichts. Paul zerrte an mir, laß sie los, komm schon, komm mit, ich muß meinen Vater holen. Ich rührte mich nicht, hielt sie, oder vielmehr das, was sie gewesen war.

Das war es nicht, was ich gewollt hatte. Ich hatte sie hilflos gewünscht. Ich hatte gewünscht, sie zu streicheln, sie zu pflegen, sie zu berühren, ohne daß sie es verbieten konnte. Und nun? Alles war zu Ende. Nichts hatte ich mehr. Nie würde sie sich noch einmal regen, nicht einmal verbieten können, sie zu berühren.

Nichts blieb außer einer Stille, einer endlosen Stille.

Dies hier war die Wahrheit, war die Wirklichkeit. Ich selbst hatte mich aus meinen Träumen herausgestoßen, für immer.

Ich weiß nicht mehr, wie alles weiterging. Leute kamen, Pauls Vater, der immer wieder rief, es habe ja so kommen müssen. Wie eine Wahnsinnige nachts in den Wäldern herumzutoben mit dem kostbaren Pferd! Er habe das schon seit langem kommen sehen. Verrückt sei sie gewesen, diese Frau. Nur gut, daß das Pferd unversehrt überlebt habe. Die Polizei nahm die Sache auf, ein Unfall, verursacht durch unvorsichtiges Reiten nachts im Wald, mit tödlichem Ausgang.

Paul und ich gingen uns aus dem Weg, sahen uns nicht mehr an.

Danach habe ich wohl nicht mehr wirklich gelebt. Ich handelte wie eine ordentliche Puppe, machte mein Abitur, lernte Fremdsprachen. Meine Mutter hörte nicht auf, mich zu loben. Ich heiratete und wurde die dekorativste Figur in Alberts vornehmen Luxusladen für Antiquitäten, wurde sein echtester Schmuck, die schönste Puppe auf seinen exquisiten Sesseln. Kinder bekamen wir nicht. Welch ein Glück für Albert. Das hätte ihm noch gefehlt, Kinderschmutzhände auf seinen empfindlichen Möbeln! Und ich? Ich hätte nie begriffen, wie ein toter Körper Leben hervorbringen kann. So ergänzen wir uns beide, die Schaufensterpuppe und ihr Dekorateur.

Jetzt allerdings vernebelt mir etwas bisher Unvertrautes meinen Blick. Habe ich wirklich noch den Abdruck des Lenkrads auf meinem Porzellangesicht? Was mußte ich auch mein Gesicht aufs Lenkrad legen. Kam dadurch die Nässe aus meinen Augen? Durch die Härte des Rades?

Welch ein Glück, daß der Garten verschwunden ist, welch eine Erleichterung. Fände ich ihn, und stünde dort noch jene Figur, die sie damals umschlang, ich würde auf meine Knie fallen, würde meinen Kopf an ihre Schulter legen, und meine Hände wären die sanfte Schale ihrer Steinbrüste. Und schließlich würde ich mich an sie schmiegen, ganz eng:

Ich täte das, was sie damals tat.

Und in diesem Moment komme ich ihr jetzt, endlich, etwas näher.

Hier, an dem Ort, an dem es geschah, am Tatort.

SILVIE

... ein Trug, ein trüber Spiegel unserer Träume?

Seit Tagen, oder waren es Wochen, befand sie sich in völliger Betäubung. Kein Schmerz, kein Zorn, überhaupt nichts, Leere. Sie starrte in den Spiegel. Alt, alt die Stirn, auch neue Falten. Von ihrer selbstbewußten Schönheit sah sie nichts mehr, erblickte eine Frau in mittleren, nein fortgeschrittenen Jahren, der Sohn erwachsen, die Tochter erwachsen, ihr Mann im Bett mit einer Jüngeren. Das ist es also, das Fazit. Sie blickte auf ihre Hände. Die ersten großen braunen Flecke, das war nicht wegzuretuschieren, das war Wahrheit. Und nun die andere Wahrheit, der sie sich plötzlich gegenübersah. Sollte sie sie verwenden als Mittel billiger Erpressung? Mit der öffentlichen Preisgabe diese, ihre Angehörigen an sich binden für den kurzen Rest ihres Lebens, der ihr nun verblieb?

Nein, dazu war sie zu stolz. Oder besaß sie einfach zu viel Hochmut? Sie wollte es nicht dazu kommen lassen, das Bild der gut aussehenden, selbständigen, selbstbewußten Frau in den Augen ihrer Umgebung auszulöschen. Wollte nicht dem Drang nachgeben, sich schreiend fallen zu lassen, einfach fallen lassen. Trost? Sie dachte an die Männer, die sie in ihren Armen gehalten hatte. Sex hieß nicht unbedingt Liebe. Sex war hinreißend, ein Stimulans für alle Bereiche des Lebens, eine Droge. Aber für das, was nun auf sie zukam, ein langsamer Tod in Raten, wurde diese Droge uninteressant, abstoßend. Und Liebe, das wurde ihr klar, Liebe hatte sie wohl nicht kennengelernt, vielleicht hatte ihr die Droge dazu den Weg verstellt. Oder sie hatte beides einfach schlicht verwechselt. War ihr nicht auch ständig vorgemacht worden, es sei Liebe? Was aber war denn Liebe? Das zu klären, würde sie wohl nicht mehr genug Zeit haben.

Für die kurze Zeit, die ihr jetzt noch verblieb, ertrug sie es nicht, in ihrer Umgebung zu verharren. Die laufenden Aufträge gab sie zurück, verschloß ihr Atelier. Überwies die Miete für zwei Jahre im voraus, das würde ausreichen. Aber sie wollte wenigstens das Atelier bis zum Ende für sich erhalten wissen.

Ihre Wohnung kündigte sie und ließ die wertvollen antiken Möbel unterstellen. Wem sollte sie die Sachen geben? Ein Anruf bei ihrem Sohn ergab, daß er, wie sein Sekretariat ihr mitteilte, für drei Monate in den Staaten sei, ob sie die Anschrift wolle? Nein. Ein Anruf, den sie zögernd vornahm, bei ihrer Tochter. Eine Frauenstimme meldete sich am Apparat. Silvie? Sie sei heute abend vermutlich da, könne sie etwas ausrichten? Nein. Am Abend versuchte sie es wieder, vernahm Silvies Stimme, fern, kühl, knapp. Was ihr denn das seltene Vergnügen verschaffe? Ein Zusammentreffen, ganz allein, dringend, morgen? Was denkst du dir dabei, mich so einfach nach zwei Jahren herzubestellen? Warum kommst du nicht hierher? Nein, ich lebe nicht allein, natürlich nicht, aber ich regle mein Leben ein wenig in Übereinstimmung mit meiner Umgebung. Also gut, wohin soll ich kommen? In das Ferienhaus, in unser Ferienhaus am See. Einverstanden, also morgen, im Lauf des Tages. Bis dann.

Die paar Sachen, die sie in den nächsten Wochen benötigte, packte sie in ihren Wagen und fuhr los. Zu ihrem Ferienhaus. Sie hatte das Haus von ihren Eltern geerbt. Früher war sie oft dagewesen, erst mit den Kindern, dann mit ihren Freunden, sprich Liebhabern, und dann eine Weile lang gar nicht mehr. Eine Nachbarin sah nach dem Haus, säuberte gelegentlich und lüftete. Ein Stück, von ihren Eltern geerbt, das würde nun ihr Zuhause sein, ihre Bleibe bis zum Ende. Was wußte sie eigentlich von ihren Eltern? Zu ihrer Mutter hatte sie nie Zugang gefunden. Warum eigentlich nicht? Sie hatte manchmal vermutet, sie sei in den Augen ihrer Mutter zu geschickt, zu erfolgreich, einfach zu suspekt gewesen.

Und ihr Vater? Er hatte immer auf ihrer Seite gestanden, hatte sie angeregt, angefeuert zur Selbständigkeit und Durchsetzung. Was war nun geblieben? Sie war allein, war er es auch gewesen? Und ihre Mutter? Voll Bestürzung fiel ihr auf, daß sie dasselbe, das ihre Mutter ihr unausgesprochen vorgeworfen hatte, nun ihrer Tochter vorwarf. Glatt, fremd, ohne Zärtlichkeit zu ihr. Wie konnte es so weit kommen? Mit Werner hatte sie es einfacher gehabt, er konnte so lieb sein, so aufmerksam, so schmusig sogar, als Kind. Er war es auch jetzt noch. Aber er führte sein eigenes Leben, nicht mehr ihres. Und Silvie? Irgendwann einmal war das freundliche kleine Mädchen anders geworden, warum? Sie hatte sich nie die Zeit genommen, das zu ergründen. Ihr Fehler, alles! Wie der ihrer Mutter? Gaben sie diese Unsinnigkeiten von selbst weiter, ganz automatisch? Welch ein fürchterlicher Reigen. Jetzt war es zu spät, das zu ändern. Sie konnte sich Silvie nicht zärtlich vorstellen, nicht bei ihr. Doch dann sah sie ein kleines Mädchen, eine Dreijährige, die freundlich mit ihr plauderte, an ihrer Hand hing, neben ihr her trippelte, mit ihr Schwäne fütterte, wo war sie geblieben? Es lag dann ein anderes Kind im Kinderwagen, ein kleiner Sohn, ein hilfloses männliches Lebewesen, das von ihr abhängig war. Hatte sie selbst das kleine Mädchen von ihrer Seite weggedrängt? Knaben stehen der Mutter näher als Mädchen, sagt man. War sie dieser Beeinflussung erlegen, oder hatte ihr Werner wirklich mehr gegeben als Silvie? Nie hatte sie darüber nachgedacht, aber Silvie war eines Tages verschwunden, Werner nicht. Bis er eine Frau liebte und zu ihr zog.

Irgendwie war da etwas nicht richtig gewesen, sie hatte falsch gehandelt, hatte Silvie etwas nicht gegeben, wenn auch nach außen hin alles da war, Geld, sie konnte studieren, was sie wollte, ein Auto, alles. Und nun war sie eine ihr fremde junge Frau, jetzt Mitte zwanzig, selbstbewußt, cool, die längst ihr eigenes Leben lebte, von dem sie nichts wußte, nichts ahnte. Ganz klar, Silvie hatte sich schon vor Jahren abgeseilt, von ihr, von der Familie, die es jetzt auch nicht mehr gab.

Am Ferienhaus angekommen, brachte sie den Wagen gleich in den Unterstand, trug ihre Sachen ins Haus, stellte Heizung, Strom und Wasser an. Es roch modrig, sie liebte diesen Geruch. Sie öffnete die Läden, der Duft von Laub, Wasser und Heu kam herein. Kann ich mich hier mit mir selbst versöhnen? Möchte ich hier bleiben, für immer? Man darf nur auf Friedhöfen beerdigt werden, nicht da, wo es einem am besten gefällt.

Sie hatte den Wagen nicht gehört, hatte die Tür offengelassen, so stand Silvie ganz plötzlich im Raum. Sie sah ihre Tochter an. Als sie sich zuletzt getroffen hatten, trug Silvie kurze Haare. Jetzt waren sie länger, lockig, sie sah anders aus. Nicht mehr so cool, ähnelte etwas dem Bild einer vergangenen Dreijährigen. Oder war das nur ihre Hoffnung? Warum hast du mich hierher bestellt? Die Stimme klang ausdruckslos. Was sollte sie sagen, sie hatte sich nichts überlegt. Sollte sie es aussprechen, würde sie dann nicht jeden Halt verlieren, jede Haltung? Sie stand auf, ging zum Fenster, schloß es. Sagte, noch mit der Hand am Fenstergriff, ich habe Krebs, ziemlich fortgeschritten, nicht mehr zu heilen. Ich will das sinnlose Herummachen nicht, will kein Versuchstier sein. Sie hielt sich unter Kontrolle. Sagte dann, ich will einfach verteilen, was jetzt noch da ist, an dich und Werner, will aufteilen, möglichst ohne Erbschaftssteuer solltet ihr beide alles bekommen. Silvie blieb starr, sagte dann: warum bin ICH hier, warum nicht Werner? Er ist verreist, für einige Monate in die Staaten. Aha, ER wäre sonst hier. Stimmts? Schweigen. Dann Silvie: die zweite Besetzung, auch jetzt noch.

Pause. Aber diesmal spiel ich die Rolle anders als du erwartest. Du wirst also sterben. Und ich darf dir die Hand halten, weil mein Bruder nicht da ist. Allein deswegen. Nein, diesmal hast du dich geirrt. Ich werde dir nicht die Hand halten. Aber ich werde diesen Augenblick nutzen, diese einzige Chance, die uns beiden bleibt in diesem Leben. Ich will es dir einmal sagen, ein einziges Mal, daß du dich nicht ganz unwissend davonmachst, wie du das so oft früher getan hast, mit deinen Liebhabern. Wo sind sie jetzt? Nun will ich dir etwas sagen, und hör gut zu. Hier ist keine Tochter, hier ist keine Frau, die die übliche Rolle der Fürsorge übernimmt. Hier ist ein knallhartes Stück Schlacke aus einer Stahlgießerei, die du einst eröffnet hast. Bei einem kleinen Mädchen, das seltsamerweise seine Mutter liebte, warum, völlig unklar. Damals hatte es nur den einen Wunsch, bei dir zu sein, alles zu tun, was du wolltest, nur bei dir zu sein, bei deinem Lächeln, deinem Schoß. Es träumte davon, dich zu streicheln, alles für dich zu tun, was die Anderen, die Großen, die Männer, tun durften.

Neben dir schlafen, dich füttern. Du hast ja überhaupt keine Ahnung, wie sehr ein kleines Mädchen lieben kann. Aber das kleine Mädchen gibt es nicht mehr. Und später gab es ein anderes Lebewesen, unglücklicherweise weiblich. Nicht so schön wie du. Und das, hör gut zu, träumte davon, doch lieber ein Mann zu sein und dich so zu küssen, so zu berühren. Schlief mit einem deiner abgelegten Freunde, um zu erfahren, was sie denn alles mit dir getan hatten. Du erfuhrst es, nicht wahr, und das paßte so vorzüglich in die Klischeevorstellung: die Tochter ist die natürliche Konkurrenz der Mutter. Danach ließest du mich fallen wie eine faule Frucht. Die Welt hatte ja so recht, Töchter und Mütter, ugh.

Sieh dir die Filme an, sieh dir die Literatur an. Wo gibt es irgendwelche Hinweise auf Liebe, eine wirkliche Liebe der Tochter zur Mutter oder der Mutter zur Tochter? Von Männern wird geredet, von Männern und Söhnen, ja, das paßt zusammen, das gibt was her. Frauen und Töchter, da existiert überhaupt nichts. Ich will dir noch was sagen, ich kann diese Chance nicht versäumen, es ist ja unsere letzte, nicht wahr. Dreh dich um und sieh mich an.

Sie stand starr, konnte sich nicht umdrehen, fühlte die Hände auf ihrer Schulter, die sie umdrehten. Sie standen sich dicht gegenüber und die Hände ließen sie nicht los. Du sollst es wissen, mußt es wissen. Lange noch träumte ich von dir, ich konnte dich nicht begraben. Ich verstand mich selbst nicht, verstand die Welt nicht. War ich denn ein Ungeheuer? Und dann, Silvie ließ sie los, drehte sich fort von ihr, und dann, dann traf ich Frauen, und eine nahm mich mit, zeigte mir, was eine Frau mit einer Frau tun kann, daß sie etwas tun kann. Ganz leise: das war nun mein Leben, und das bleibt es. Die Stimme wurde lauter. Für dich ungeheuerlich?

Das kannst du dir nicht vorstellen, oder? Vermach deine Sachen deinem Liebling, der wird dir hoffentlich Enkel machen, ich nicht. Schweigen. Wieder ging Silvie auf sie zu, ganz nahe.

Willst du das letzte hören, was ich niemandem je sagte, auch nicht meiner Bettgefährtin, gar niemandem? Ich betrüge sie alle, all diese Frauen, mit dir.

Hörst du? Ich sage es laut und deutlich, nicht einmal jetzt bin ich dich los. Bei jeder Frau, mit der ich schlafe, schlafe ich mit dir. Freut dich das nicht? Keiner deiner Liebhaber von einst würde das heute noch tun. Ich liebe dich in meinen Träumen, und dafür hasse ich dich. Ich hasse dich, ist das nicht paradox? Sie lachte. Meine liebe Mutter, bei mir kannst du ganz gewiß sein, du wirst nicht vergessen werden, nicht von mir. Aber berühren kann ich dich nicht, das mußt du doch verstehen.

Jetzt stand Silvie an der Tür. Ich würde dich gerne schlagen, erschlagen, aber auch diese Möglichkeit hast du mir genommen mit der Mitteilung deiner Krankheit. Stünden wir uns anders gegenüber, so wie früher, ich würde mein Leben dafür geben, es zu tun.

Nicht, daß ich bereue, mit Frauen zu leben, nein, das nicht, sondern daß ich das Gespenst meiner Mutter nicht loswerde.

Die Tür knallte zu, sie war allein, hörte einen Wagen mit kreischenden Reifen davonfahren.

Sie wußte, diese Räder würden nicht zurückrollen. Noch vierundzwanzig Stunden hoffte sie darauf, lag auf ihrem Bett, unfähig, irgendetwas zu tun, sich zu regen. Stand endlich auf, stieg in ihren Wagen und fuhr endlos lange ziellos durch die Gegend. In einem Dorf hielt sie an einer Telefonzelle, wählte Silvies Nummer, ließ so lange läuten, bis das Besetztzeichen kam. Niemand da.

Sie fuhr zurück, legte sich aufs Bett. Ein Ruf an der Tür schreckte sie hoch, die Nachbarin stand da. „Ihr Mann hat angerufen, Sie möchten sofort bei ihm zurückrufen, dringend“. Silvie! Sie wußte es, sie hat sich umgebracht, der Vater ist benachrichtigt worden. In der nächsten Telefonzelle wählte sie zitternd Michaels Nummer. Endlich seine Stimme: „Wo zum Teufel steckst du denn? Wie kannst du so einfach verschwinden? Du und deine Tochter, spinnt ihr denn beide? Weißt du, was sie getan hat? Zu deinem Atelier ist sie hin, hat gegen die Tür getrommelt, behauptete, du lägest tot drin, hat die Tür aufbrechen lassen. Das hab ich inzwischen erledigt, die Tür ist gerichtet, du kannst dir den Schlüssel bei mir abholen. Aber was ist das für ein Geschrei, seid ihr denn beide verrückt? Wieso solltest du tot sein? Julia, antworte!“

Sie konnte nicht, ihr Glück war einfach zu groß. Sie fand Halt an der kalten Wand der Telefonzelle, brachte es fertig, dem Telefon zu sagen: „ist ein kleines Mißverständnis. Aber bitte versuch rauszukriegen, wo sie ist. In ihrer Wohnung ist sie nicht. Ich ruf dich wieder an“.

Als sie zurück zu ihrer Hütte fuhr, hätte sie am liebsten laut gesungen. Was bedeutete ihr im Augenblick ihre Krankheit. Silvie!

Ihr Höhenflug in Sachen Glück verging rasch. Wie unendlich groß ist dieser Erdball und wie winzig klein das Stückchen Schlacke aus ihrer, Julias, Stahlgießerei. Wenn man es sucht.

Und sie suchte. Sie nahm ein Hotelzimmer in der Nähe von Silvies Wohnung. Noch immer war niemand zuhaus. Es blieb ihr nichts anderes übrig als zu warten, Michael anzurufen und zu warten. Sie kannte niemanden in dieser Stadt. Für sie begann ein seltsames Leben, seltsam, da sie plötzlich Dinge und Menschen wahrnahm, die sie vorher nie gesehen hatte, wie die weinende alte Frau im Park, die von einem Hund angefallen von ihr zum Krankenhaus begleitet wurde, und die ihre Hand im Taxi nicht losließ.

Der Park nebenan in seiner Aprilkühle bot ihr: alte Menschen auf den Bänken wie dort gewachsen, kleine Kinder, die ihr zulächelten. Sie verspürte den heftigen Wunsch, eins auf ihrem Schoß zu halten. Die Trödlerstände, die mittags wie Pilze aus den Kellern wucherten, die Bürgersteige mit Plunder füllten, ohne den die Welt nicht leben zu können glaubt. Ihr Leben geriet in einen Schwebezustand, ein Warten. Auf den Trödlermärkten holte sie sich Bücher, begann zu lesen, als sei sie am Verhungern. Eine Gier nach trivialer Literatur ergriff sie. Wollte sie sich ihr Leben etwa auf diese Weise zurückholen?

Gleich am Abend nach ihrer Ankunft hatte sie ein Taxi genommen und den Fahrer gefragt, ob er eine Frauendisco kenne. Der Fahrer blieb einen Augenblick ohne Antwort, starrte sie an. Sie dachte schon, jetzt käme etwas Dummes, aber es kam nicht. Stattdessen fragte er über Funk bei seiner Zentrale an, die nannte einige Discos. Sie ließ sich bei einer absetzen, würde sie doch ohnehin jede einzelne absuchen müssen. Suchen, ja, das wollte sie. Vielleicht traf sie irgendwo eine junge Frau, die Silvie kannte. Was hätte sie in diesen Nächten besseres tun können?

Von allen Frauendiscos, die sie kennenlernte, war ihr eine am liebsten. Dort waren die Frauen am freundlichsten, am umgänglichsten. Es lag vielleicht daran, daß die Besitzerin, die selbst an der Bar bediente, nicht mehr so jung war und Ruhe ausstrahlte. Somit besänftigend wirkend, der ganzen Hektik, der ständigen Suche nach irgendjemandin, nach ihr, der einzigen.

Das wurde ihr Zuhause, zumal sie immer freundlich begrüßt wurde.

Sie nahm ihren Platz meist weit hinten am Rande des Geschehens ein, wagte kaum, lange zu bleiben, merkte, daß sie nicht viel aushielt.

In einer Nacht hatte sie keinen Platz mehr gefunden. Die Luft war zum Durchschneiden. Wo kam hier überhaupt noch Sauerstoff her? Dann spürte sie plötzlich, sie war zu lange geblieben. Eine schwere Müdigkeit überfiel sie, sie konnte nicht mehr stehen, nicht mehr atmen, sie würde es nicht bis zur Tür schaffen. Jetzt schon verdunkelte sich ihr Umfeld vor ihren Augen. Neben ihr stand ein Mädchen, eine junge Frau, die ihr schon mehrmals zugelächelt hatte. Nach deren Schulter griff sie, rasch, wollte etwas sagen, das ging alles unter im Discosound. Das Mädchen drehte sich überrascht zu ihr, sah ihr Gesicht, begriff, hielt sie mit beiden Armen. Und dann war da auch ein Platz zum Sitzen, zwei Plätze sogar. Das Mädchen hatte sie nicht losgelassen, hielt sie noch im Sitzen leicht umfangen, hatte ihren Kopf an ihre Schulter gebettet. Es fiel nicht auf, manche Paare saßen so. Das war ihr lieb, sie wollte kein Aufsehen.

Es war das erstenmal seit Wochen, daß sie eine Umarmung fühlte, Wärme, Weichheit. Es war gut so, schön so, sie wünschte, daß es andauerte, hielt die Augen geschlossen. Dann fiel ihr ein, ich kann ihr nicht zumuten, mich die ganze Nacht so zu halten, öffnete ihre Augen. Eine andere junge Frau beugte sich zu ihr, rief ihr ins Ohr, daß nebenan eine Apotheke sei, die habe Nachtdienst, ob sie was brauche, sie würde es gerne holen. Ihr fiel ein, daß sie seit Wochen ein Rezept bei sich trug. Dies suchte sie hervor, drückte es der Frau in die Hand, schloß wieder ihre Augen und ließ sich zurückfallen in die Arme, die sie hielten. Dann gab es wieder Ruhe für sie, bis jemand ihren Kopf anhob, ihr ein Glas an die Lippen setzte. Sie trank. Nach kurzer Zeit verging die Schwäche. Sie fühlte Verlegenheit, setzte sich auf. Die junge Frau, die sie gehalten hatte, lächelte ihr aufmunternd zu, sagte, sie könne ruhig so bleiben, sie hätte keine Eile. Ihre Befangenheit wuchs. Würden sie ringsum nicht denken, eine Frau ihres Alters solle lieber im Bett sein? Sie stand auf, wollte sich verabschieden, merkte, daß ihre Beine aus Wachs waren, in der Wärme der Disco offensichtlich geschmolzen. Sie mußte sich schnell wieder setzen. Warten Sie, sagte die junge Frau, wir bringen Sie zu zweit nachhause. Nachhause, ins Hotel, von zwei jungen Frauen geschleppt? Sie konnte sich ausrechnen, was das hergab, beim Portier. Die junge Frau holte ihre Mäntel, kam, begleitet von der anderen, die für sie zur Apotheke geeilt war, zurück.

Sie halfen ihr auf, blieben an ihrer Seite. So schaffte sie es bis zum Taxi. Sie konnte sitzen, welch ein Glück. Welches Hotel? Sie zögerte, sagte langsam, wie kann ich ... Doch da schlug ihre junge Begleiterin, die sie in der Disco so hilfreich gehalten hatte, vor: Wir fahren, wenn Sie möchten, zu mir. Marie, du hilfst uns nach oben und nimmst das Taxi dann für dich. So geschah es. Ein Lift im Hause, sie hielten sie beide aufrecht, eine Wohnungstür und ein Bett. Endlich.

Hände, die behutsam ihre Schuhe auszogen, ihren Rock, ihre Kleidung öffneten, sie aufrichteten, um sie auszuziehen, die sanft ihr Gesicht, Hals und Hände säuberten. Die ihre kalten Füße in ein vorgewärmtes Tuch hüllten. Hände, die ihr Haar sacht zurückstrichen, eine Decke über sie breiteten. An der leichten Bewegung des Bettes merkte sie, daß sich ein Körper neben sie legte. Es war ihre, Julias, Hand, ihr Arm, der sich ausstreckte, ihre Stimme, die flüsterte, halt mich etwas, willst du? Arme, jetzt schon vertraut, die sie behutsam umschlangen, ihren Körper leicht an sich zogen, ihren Kopf an eine Schulter legten. Für sie war das schon zuviel, zu lange war sie allein gewesen. Gegen ihre Tränen konnte sie nichts unternehmen, sie kamen. Wann hatte sie zuletzt geweint? Sie wußte es nicht mehr. Sie durchnäßte mit Tränen das Hemd an ihrer Seite. Eine Hand öffnete die Knöpfe des Hemdes, hob sacht ihren Kopf an, legte ihn auf die bloßen Brüste. Sie verspürte die Weichheit, dachte, eine Frau, eine Frau ist es, hier an meiner Seite. Ihre Lippen berührten – versehentlich? - die zarte Spitze einer Brust. Eine Hand umschloß ihren Kopf und zog ihn sacht enger an diese Weichheit. Sie nahm es als Zeichen, daß die Berührung willkommen war und wiederholte die Liebkosung, leicht, fast ohne Kraft. Kraft hatte sie schon lange nicht mehr. Ein rascheres Atmen antwortete, ein Körper, so schmal, bewegte sich unter ihr, zog sie mit beiden Armen auf sich. Ein flehender, kaum hörbarer Laut. Sie erhob sich ein wenig und legte sich gänzlich auf die schlanke Gestalt, eine Last, so dachte sie, eine schwere müde Last, und viel zu groß. Aber willkommen.

Die junge Frau stieß einen leisen Schrei aus, umschlang sie mit ihren Beinen, drückte sie mit unerwarteter Kraft an sich, hob ihren Körper an und ließ ihn wieder sinken. Trotz ihrer Schwäche fühlte sie, wie diese Bewegung auch ihre Mitte rührte, berührte, ließ sich schaukeln auf dieser Welle der Bewegung, bis die andere anhielt, aufstöhnte, sie jedoch mit unverminderter Kraft weiter umschlungen hielt. Dann ließ diese Kraft nach, aber die Arme hielten sie immer noch fest umfangen. Ein Flüstern an ihrem Ohr, hab ich dich jetzt verführt? Sie lächelte und begann, das verschwitzte Haar und das heiße Gesicht mit kleinen Küssen zu bedecken. Beides lag gerade in Reichweite ihrer Lippen. Mehr konnte sie nicht tun.

Seit dieser Nacht verband sie eine immer stärker werdende Zuneigung mit den beiden Frauen, mit Eva, der jüngeren, die sie in ihren Armen gehalten hatte, und mit Marie, der etwas älteren. Beide umsorgten sie, wann immer es ging. Besonders Eva streichelte Julia ungehemmt, umarmte sie, bedeckte sie mit Küssen, wann immer es ihr in den Sinn kam. Sie hatte den beiden von ihrer Suche nach Silvie erzählt. Sie kannten Silvie nicht, versprachen aber, sich in der Szene umzusehen, auch nach einer Mitbewohnerin von Silvies Wohnung. Es war nicht mehr nötig, daß sie jede Nacht in den Discos ausharrte. Eine große Erleichterung.

Die beiden hatten schnell Erfolg. Sie fanden heraus, daß eine Mitbewohnerin von Silvies Wohnung zur Zeit einen befristeten Vertrag als Lehrerin im Ausland hatte. Die Anschrift des Instituts bekamen sie heraus und Julia setzte sich hin und schrieb einen Brief. Schrieb, daß niemand wisse, wo Silvie sich aufhalte, daß sie voll Angst und Sorge sei, bat um Mitteilung, ob und wo Silvie lebe. Die Antwort kam bald. Ein dicker Umschlag, darin ein Schlüssel und ein kurzer Brief: bei ihr lebe Silvie nicht, sie habe sie schon seit langem nicht mehr gesehen, wisse nicht, wo sie jetzt sei. Ihre Verbindung zu Silvie sei völlig eingeschlafen, sie wisse nicht, ob sie überhaupt noch zurückkäme und anbei läge der Schlüssel zur Wohnung. Ob sie nicht einziehen und sich um die Telefon- und Stromrechnung und die Miete kümmern wolle? Sie wollte.

Sie schaffte sich ein neues Zuhause, Eva und Marie halfen ihr, blieben bei ihr bis spät in die Nacht, aßen mit ihr, hörten mit ihr Musik und umarmten sie beim Abschied. Aber verhindern konnten sie nicht, daß sie nachts in Schweiß gebadet aufwachte, an ihre begrenzte Zeit dachte, an das Ende.

Bei Tag dagegen stellte sie erfreut fest, welch eine Veränderung und Bereicherung ihr Leben durch diese eigenartige Verbindung mit den beiden jungen Frauen erfuhr.

Ihre Beziehung paßte in keine Rolle mehr, wie sie die Gesellschaft vorformte. Die Zärtlichkeit, das Verständnis, alles übersprang die üblichen Schwellen, das erkannte sie deutlich. Besonders nach einem bestimmten Abend, den sie mit den beiden in Evas Wohnung verbracht hatte.

Es war inzwischen Mai geworden und einer dieser Frühlingstage, an dem die Erwartung wie ein Regenbogen über dem Tag liegt. Die Luft versprach alles. Beide hatten sie zum Essen eingeladen in Evas Wohnung. Nach dem Essen hatten sie sich alle drei auf dem breiten Bett, das fast vollständig Evas winziges Apartment ausfüllte, niedergelassen. Das Fenster war weit geöffnet und bot den Blick auf die Dächer der Stadt.

Julia hatte sich mit dem Rücken gegen die Polster an der Wand gelehnt, in ihren Schoß hatte Eva ihren Kopf gelegt. Marie lag neben ihr, den Kopf auf Evas Brust, die Arme um Eva geschlungen. Julia konnte einfach nicht anders als sanft Evas Haar zu streicheln, ihre Schläfen, ihr Gesicht, so einfach war das. Und Eva begann, ganz selbstverständlich Marie zu streicheln, ihr Haar, ihre Schultern, ihren Rücken. Eine Weile, dann erhob Marie ihren Kopf, und Eva schob sich höher, näher an Julia, so daß sie nun an Julias Brust lag. Marie begann, mit leichten Küssen Evas Gesicht zu streifen, dann den Hals und den Ansatz ihrer Brüste. Sie öffnete Evas Hemd und ließ ihre Lippen weiterstreicheln, umrundete die sanfte Wölbung und ließ sie ausruhen auf den Spitzen. Evas Hände indessen waren unablässig über Marie geglitten, hatten liebkost, was immer sie erreichen konnten und begannen nun, Maries Kleidung zu lösen. Ganz selbstverständlich zogen sie sich gegenseitig aus, und Eva brachte es fertig, dabei nur für einen kurzen Augenblick Julias Schoß zu verlassen. Bevor sie ihren Kopf wieder an Julias Brust zurücklegte, öffnete sie deren Kleid so weit, daß sie sich ohne Hindernis an Julias Haut, an ihre Brüste schmiegen konnte. Sie drückte sich fest in Julias Arme, zeigte offen den Wunsch, von ihr umfangen zu werden.

Marie fuhr mit denselben streichelnden Berührungen fort, ihre

Lippen wanderten sanft über Evas Gesicht, Hals, Schultern, über den ganzen Körper bis zu Evas Schoß, hauchten in ihre Mitte. Evas Schenkel öffneten sich, ihr Schoß begann, sich leicht zu heben und zu senken, wurde heftiger in seinem Verlangen. Sie atmete rascher, zog Maries Kopf dichter an sich heran, bäumte sich auf, wand sich an Julias Brust. Julia umschlang sie fest mit beiden Armen, drückte sie an sich. Als habe sie darauf gewartet, schrie Eva laut auf, wandte sich so zu Julia, daß sie ihre Wange noch enger an ihre Brust schmiegen konnte, es schien, als wolle sie diese mit ihren Lippen berühren. Julia hatte das Gefühl, als nähme sie Evas Bewegungen in ihren eigenen Körper auf, sei ihre Wiege, ihre Höhle, ihr Nest. Und bot diese Wiege Eva an. Hielt sie umarmt, auch als Eva schließlich Marie zu sich emporzog, Marie zu sich nahm und umklammerte, und Julia beide in ihren Armen hielt.

Sie war mit Eva und Marie in einem Konzert gewesen, und die beiden hatten sie mit dem Taxi vor ihrer Tür abgesetzt. Sie stieg die Treppe hinauf, öffnete die Wohnungstür, doch an der Tür fiel ihr etwas auf, ein anderer Duft, eine geringe Veränderung. Eine Tasche, eine schwarze Reisetasche, stand da, einfach so. Ihr Herz jagte. Sie wagte kaum, sich zu rühren. Ein Schritt, welch ein Kraftaufwand, wieder ein Schritt. Wohin? In welches Zimmer? Der nächste Schritt führte sie in Richtung ihres Zimmers, das einst Silvie bewohnt hatte. Die Türklinke – wieder ein Kraftaufwand, ließ sich herunterdrücken. Langsam! Ihr Herz dröhnte. Ein Streifen Licht drang von außen in den Raum, fiel auf das Bett. Zeigte eine Gestalt, verhüllt von der Bettdecke. Ihr Herz raste. Leise trat sie näher, beugte sich über das Bett. Ja, zusammengerollt, auf einer Seite liegend, Silvie! Die Kleider lagen wie früher auf dem Boden verstreut. Sie war, wo sie ankam, aus den Kleidern ins Bett geschlüpft. Wußte sie denn, wer hier sonst schlief? Ja, sie mußte es doch wissen in dem Moment, in dem sie Julias Nachthemd dort vorfand. Wo hatte sie es gelassen? Der schmale Streifen Licht gab ihr auch darüber Auskunft. In den Armen hielt sie es, an sich gedrückt. Silvie! Was hatte sie damals gesagt: 'ich kann dich nicht berühren, das mußt du doch verstehen'. Silvie, sie kann mich nicht berühren und liegt nun in dem Bett, in dem ich sonst schlafe. Und hält mein Hemd an sich gedrückt. Ach Silvie.

Ihre Kleider ließ sie, Julia, wo sie stand, fallen. Hob vorsichtig die Bettdecke an, wagte es, sich behutsam auf dem Bett neben Silvie auszustrecken. Ruhig, ganz ruhig! Nichts und niemand sollte diesen Traum stören. Sie konnte sich jetzt Zeit lassen, Zeit bis an das Ende ihres Lebens. Das würde reichen.

FLUG NACH FUERA

Endlich. Ihr Diplom in der Tasche, konnte sie ihr Glück noch immer nicht recht fassen. Endlich. Ein Gefühl vollkommener Kraft und Fähigkeit trug sie fast einen Meter empor über dem Boden, so glaubte sie. Endlich. Endlich. Alles gehörte jetzt ihr. Alles. Irgendein Ventil sollte sie jetzt schnell finden, sonst würde sie zerplatzen vor Glück. Sie drehte sich mitten im Gewühl, mitten in den bevölkerten Bogengängen von Dramis, drehte ihre Pirouetten, hob die Arme in die Luft, schrie auf vor Glück. Die Passanten stießen sich an, lachten, die Menge schob sie weiter, teilte sich an ihrem Körper wie ein Fischschwarm im Meer. Sie war groß, man mußte sie sehen. Es war ihr persönliches Glück, so großgewachsen zu sein. Das hatte ihr von vornherein einen Vorteil verschafft, mehr als Geld und Herkunft, dazu ein lebendiges Gesicht mit einer nach Zamo's Worten intelligenten, nach ihrer Meinung zu großen Nase. Zamo. Schnell, sie wollte jetzt Zamo haben, ihn in ihren Armen erdrücken, ausflippen, alles.

Eine feste Hand stoppte ihren Höhenflug. Donat, Leiter der Abteilung Forschung Homunkulus, Automaten, Personaten, stand neben ihr. „Ich habe die Aufgabe deines Lebens gefunden, komm schnell mit. Wir haben soeben Unglaubliches entdeckt. Vetro hat die Videos der Expedition Fuera aufgebracht. Sie sind nicht mehr verstrahlt. Weißt du, was das heißt? Wir werden den schönsten menschlichen Personaten wiedersehen, auf den Bändern. Ein Weltwunder, so bezeichnen die alten Aufzeichnungen diesen Personaten".

Nein, das war doch zuviel, auch das noch. Das Thema ihrer Arbeit war ein Versuch gewesen, die Entwicklung dieser Personaten über Jahrhunderte hinweg nachzuvollziehen. In der ganzen erforschten Galaxis existierte keiner der drei bekanntesten Hauptträger mehr. Alle Nachfertigungen galten immer noch als Wunder, die drei vor etwa vierhundert Erdenjahren gefertigten Prototypen waren in dieser Perfektion nie wieder erreicht worden. Nach ihrer eigenen Theorie wäre jeder einzelne von ihnen imstande gewesen, eine Revolution oder gar ein Chaos in der Geschichte der Galaxien zu entfachen, als Messias, als Heilige, als Verbrecher. Daß sie keine Naturprodukte waren, wäre nie aufgefallen. Vielleicht war Alexander der Große ein Vorläufer? Oder Zarathustra?

All das und auch die Entwicklung des strukturellen Aufbaus waren Thema ihrer dreijährigen Arbeit, des Buches, das jetzt auf dem Markt erscheinen sollte. Und nun dies hier, diese Möglichkeit, da bot sich das Größte, das sie seit Beginn ihrer Forschung an Informationen erreicht hatte. Und Donat sprach das alles so gelassen aus. Mit beiden Armen packte sie ihn, schüttelte ihn, wußte sich nicht anders zu helfen als ihn mit kleinen Küssen zu übersäen. Sie nahm ihn an der Hand, zog ihn hinter sich her zum nächsten Gleiterstand, drängte sich gewaltsam durch die Menschenmenge. Nur ein Gedanke beherrschte sie: der Film, der Film!

Im Vorführraum wurden sie schon erwartet. Der Raum war bereits vollständig besetzt, für sie und Donat hatte man zwei Plätze reserviert, der Apparat begann zu laufen. Das Band flimmerte, war schon recht alt. Sie kannte diese Bänder von ihren Forschungen in den historischen Abteilungen, es waren durchweg Aufnahmen aus dem Innern der Raumschiffe, eine Art Logbuch, Video-Bordbuch, einst Pflichtübung in allen Raumschiffen. Der Film lief. Donat entschied: „Wir lassen erstmal alles durchlaufen, um zu sehen, was überhaupt drauf ist und überspielen es gleichzeitig auf Mikrofilm. Du kannst dir dann später die Figuren immer wieder in Zeitlupe ranholen. Also, nimm dir genügend Zeit und flipp nicht sofort aus“.

Der Film zeigte das Übliche. Mechaniker liefen umher, Bordpersonal, Türen gingen auf und zu. Nichts besonderes. Dann das

Cockpit, ein Monitor im Cockpit. Der Kommandant trat auf, die Kamera sah ihn nur von hinten, schmal, langhaarig. Die Hände prüften die Tastatur, zarte Hände. Jetzt drehte er sich um, sagte etwas über die Schulter nach hinten. Es war eine Frau, die das Schiff steuerte. Dunkle, lockige Haare, ein schmales, leicht bräunliches Gesicht, nicht mehr sehr jung, eine steile Falte auf der Stirn.

Donats Stimme: „Zu dieser Frau muß ich dir kurz was sagen. Sie war erst Raumfahrtmedizinerin, machte dann ihr Patent als Captain, führte ihr eigenes Forschungsschiff und wurde Expertin für kaum erforschte Galaxien. Und jetzt hör gut zu: sie fährt heute noch, ihre Existenzkarte ist nicht erloschen. Sie schwirrt in den zeitlich nicht erfaßten Galaxien herum, anscheinend nutzt sie die physikalischen Umkehrungen, setzt sich über physikalische Gesetze hinweg. Natürlich haben Leute der Raumforschung und der Raumbiologie sie interviewen wollen, aber sie ist nicht zu fassen. Sie beordert ihre Transporte irgendwo in den illegalen Häfen der äußeren Galaxis, fährt ihren eigenen Tramper. Ich habe alle Stationen ständig beobachten lassen. Die Frau lebt, und die Frequenzkurve wird uns anzeigen, wann und wo sie auftauchen wird. Aber das ist streng geheim. Doch eines merk dir schon jetzt: wir müssen sie ausfindig machen, und du wirst mit ihr sprechen, nur du schaffst das, du wirst bald wissen, warum".

Der Film spulte weiter, Leute liefen durchs Bild, allmählich erkannte sie das Personal wieder. Dann ergab sich eine Veränderung, andere Kommandos, Bewegung, eine Landung, die Kamera draußen arbeitete. Dem Aufstieg näherte sich eine Gruppe Leute, zwei Mestiden erkannte sie, Bewohner des Nachbarplaneten von Fuera. Jetzt kam ein einzelner Mensch ins Bild, eine Frau, die Kamera in hellem Tageslicht filmte in Nahaufnahme das schönste weibliche Gesicht, das sie je gesehen hatte oder sich vorstellen konnte. Sie wußte sofort, wer das war: eines der drei Weltwunder, Robota, Homunkula, Personata.

In alten Zeiten wäre das Volk auf die Knie gefallen, vor ihr, der Göttin. So erschien sie, so schritt sie, so sah sie aus. Die Stille im Vorführraum war fast greifbar, dicht. Jemand hielt den Film an, gerade als dieses Geschöpf direkt vor der Kamera stand. Einen Augenblick. Dann glitt das Band weiter. Die Frau und die beiden Mestiden verschwanden durch den Eingang des Raumschiffs. Die Kamera im Cockpit lief an: die Kommandantin am Schaltplatz erhob sich, wandte sich um, als die Robota nun das Cockpit betrat. Beide lächelten nicht, als sie sich kurz umarmten. Im Gesicht der Homunkula, die nun in der diffusen Beleuchtung des Cockpits aussah wie eine alte ägyptische Skulptur, schimmerte Nässe. Waren es Tränen? Tränen bei einer Robota?

Der Film lief weiter, doch die Homunkula trat nicht wieder in Erscheinung. Wie alle persönlichen Orte des Schiffes war auch ihre Koje ohne Kamera. Dort hielt sie sich vermutlich auf, nichts zwang sie, diesen Ort zu verlassen. „Wir werden sie jetzt nur noch beim Verlassen des Schiffes auf Fuera sehen“. Das war Donats Stimme. „Von da ab liegt der Verlauf der Ereignisse im Dunkeln. Zurück in das Raumschiff stieg sie nie. Beim Start zeigt keine Aufnahme je wieder die Gestalt der Homunkula“. Warum war ein Weltwunder wie sie dort zurückgeblieben? Warum nur? Der Wert dieses Geschöpfes lag schon damals weit über dem Gesamtpreis des Planeten Fuera, ganz zu schweigen von der heutigen Taxierung. Dann, am Ende, kam die Aufnahme des explodierenden Planeten Fuera, ein Fanal, ein Chaos. Der Film stoppte abrupt.

Seit damals war Fuera nicht mehr aufgesucht worden. Der verstrahlte Planet wurde gemieden, eine Sperrzone war auf allen Karten der Galaxis eingezeichnet. Das Rätsel der Explosion konnte bisher nicht angegangen werden. Und eines der drei Weltwunder der Personaten lag dort begraben. Geschmolzen.

Mit langen Schritten durchquerte Donat ihren Arbeitsraum. „Fassen wir also zusammen: für die Forschung gibt die WESA drei Milliarden Dollar, nur allein für die Wiederauffindung einer der drei Prototypen der Robots, der Personaten. Zwei gingen ganz offensichtlich vor einhundertfünfzig Jahren verloren. Eine Sprengung zerriß seinerzeit den Großen Aldair, die zurückbleibenden Teile waren nur noch Staub. Heute ließen sie sich ja zusammensetzen, damals konnte man das noch nicht. Er ist nicht mehr rekonstruierbar. Bei dem zweiten handelt es sich um ein Kind, es ist als Heiligtum in den Archaischen Galaxien verborgen. Jeder Vorstoß in dieser Richtung wurde bisher beantwortet mit totaler Ausrottung der Forscherguppen. Der dritte ist also diese göttinnengleiche Frau. Dein Vorgänger in der Forschung nannte sie Aphrodite, wir nennen sie einfach Afra. Wir beginnen also in diesem Moment mit dem Projekt Afra. Der Personat ist bis Fuera gekommen und dort geschmolzen. Jetzt, nach fast zweihundert Jahren, werden wir versuchen, mit den neuesten Mitteln an den Planeten heranzukommen. Wir suchen eine Nadel im Heuhaufen, ist das klar? Laut unseren Forschungsergebnissen trugen alle Personaten einen Sender, der fortwährend auf bestimmten Wellenlängen sendete. Wenn Afra einen solchen Sender besaß, dann ist er wahrscheinlich nicht geschmolzen, das ist unsere einzige Hoffnung. Also hinfahren, Oberfläche von Fuera mit Raster absuchen, einteilen, abhorchen. Werden wir fündig, gibt es eine Revolution auf dem Gebiet der Automaten. Wir haben jetzt mit Hilfe neuester Entwicklungen der Mikroelektronik alle Chancen, diese Geheimnisse zu lösen, anders als etwa vor zweihundert Jahren". Und leicht verbittert setzte er hinzu: „anders als damals, als diese Mißgeburt eines Alchimisten mit seiner Geheimniskrämerei bis heute unser ganzes Wissen auf den Kopf stellte". Und bis heute noch infrage stellt, fügte sie für sich hinzu.

Afra! Für wen war die Robota gemacht und zu welchem Zweck? Göttererschaffung? Aber warum so spät in der Geschichte? Oder nur eine Wiedererweckung einer schon vor Jahrhunderten geschaffenen Gestalt? Weshalb hatte sie sich in einem gewöhnlichen Tramptransporter aufgehalten? Und woher kannten sich denn die beiden Frauen? Zweihundert Jahre! Da gibt es ein Lebewesen wie diese Kommandantin, das so lange im Weltraum kurvt. Grotesk! Das gibt es nicht und wenn doch, wie mag sie jetzt aussehen. Selbst eine Umgehung aller physikalischen Gesetze kann nicht verhindern, daß der Körper, die Zellen altern. Im Traum erschien ihr das Gesicht der Frau im Cockpit. Jetzt sah es nicht aus wie das der Raumschiffkommandantin, nein, es war ein Gesicht wie auf einer alten Ikone, mit grünlich schimmernder Patina. Die Farbe schien durch das Alter leicht gesprungen, feine Fäden zogen sich über das schmerzlich verzogene Gesicht.

Und ihre Aufgabe war es, die andere, wie hieß sie nur, mit Hilfe ihrer Existenzkarte, B.D., Codenummer 616711, zu suchen, aufzusuchen, mit ihr zu sprechen, was bisher niemandem gelungen war und sie zu überreden, das Forschungsschiff nach Fuera zu führen. Denn nur sie allein wußte, auf welcher Seite des Planeten die Robota gelandet war und vermutlich umkam. Grenzenlos einfach alles, wie es schien. Nur daß diese Frau gewohnt war, seit Jahrzehnten ihre Spur zu verwischen, so daß niemand wirklich wußte, wie sie jetzt aussah, daß, außer ihrer Codenummer, nichts von ihr bekannt war und . . . , halt, da war doch der Film, das Gesicht hatte sie sich fest eingeprägt, die Figur, ihre eigene Art der Bewegung. Das war eine kleine Chance, sie in der Menge der Unbekannten in den illegalen Häfen der Galaxis zu erkennen. Einzige Hilfe dabei die vom Computer errechneten Koordinaten! Wo sie zusammentrafen, mußte die Frau stecken. Ja, dann.

Und warum gerade sie, warum nicht Donat oder sonst jemand? Donat erklärte: „Aus Tarnungsgründen natürlich. Sie kann nicht annehmen, daß eine Frau einen derartigen Auftrag bekommt. Wenn ein Mann ihr nachspioniert, wittert sie eher, was los ist. Ich hoffe, daß sie bei einer Frau offener ist, daß sie sich zumindest ansprechen läßt. Sie lebte jahrzehntelang allein in ihrem Transporter, als Besatzung hatte sie nur Mechanikerrobots. Ihr Alter schließt wahrscheinlich sexuelle Kontakte aus, auch deshalb schicke ich keinen Mann, sondern lieber eine Frau". Er schwieg einen Moment lang, sagte dann: „Vielleicht braucht sie jetzt doch eher Kontakt mit einer Frau, wenn überhaupt".

Seit zwei Wochen lebte sie nun auf Xerxes, per Bitnet ständig verbunden mit ihrem Arbeitsplatz und wartete, bis die Koordinaten das Zeichen gaben. Die WESA hatte ihr sogar einen Assistentrobot mitgegeben, die neueste Ausführung, perfekt als Begleitung, als Schutz, als Sender. Immerhin befand sie sich auf einem Planeten, der Freihafen war für alles Außergesetzliche, ein Spielplatz für Abenteurer und Freibeuter. Sie lächelte, wenn sie an ihr Vokabular aus dem Mittelalter dachte: es paßte so gut hierher, in diese Spiel- und Saufhölle. In der sie sich aber gar nicht unwohl fühlte, das mußte sie sich eingestehen. Körperliche Furcht kannte sie nicht, hatte sich von früh auf hart trainiert in Judo und Karate, wollte niemals hilflos und weiblich-passiv auf einen Mann als Schutzakteur angewiesen sein.

Die Nächte auf Xerxes waren lang; sie durchstreifte immer wieder neue Viertel der diversen Städte, Spielmärkte, bereit zum Einsatz. Und sie gestand sich ein, sie dachte mit Herzklopfen an den ersten Versuch einer Begegnung mit dieser Frau, der Kommandantin. Ein sexuelles Überfahren, wie sie es in ihrem bisherigen Dasein gern als Strategie einsetzte, war jetzt nicht am Platze. Hier stand sie nicht als siegesgewohnte, gut aussehende Frau, die die Spielregeln vorgab, hier war sie mit allen menschlichen Qualitäten gefordert.

Konnte sie das überhaupt? Ihr Leben war in dieser Hinsicht immer viel zu einfach gewesen. Verwöhnt von ihrem Vater, ihre Eltern seit langem geschieden, ihre Mutter hatte sie nie gesehen. Ein Bruder, der sie liebte und sie ihn auch. Zamo, ein liebenswerter, einfühlsamer Liebhaber, mit der Eleganz seiner dunklen Rasse, dabei fast übersensibel. Er war nicht glücklich über ihren Auftrag, aber es war zwischen ihnen von Beginn an abgemacht worden, daß ihre Forschungen Vorrang bekamen. An ihrem Arbeitsplatz hatte sie nur Kollegen, wie kam das eigentlich? In allen Jahrzehnten hatte sich nicht viel daran geändert, daß Frauen in wichtigen Positionen rar waren. Ihr Leben verlief im Umgang mit Männern; ihre Lehrer, Ratgeber, Widersacher, Helfer und Konkurrenten waren Männer. Nie hatte sie eine engere Verbindung zu Mädchen oder Frauen kennengelernt. Es kam ihr nicht einmal in den Sinn, so etwas zu vermissen; sie konnte nur vermissen, was sie kannte, nicht, was sie nicht kannte.

Dann, eines Tages, piepste ihr Datenanschluß. Sie rannte mit Robert – sie nannte ihren Robotassistenten Robert – zum nächsten Gleiter und flitzte zum Hotel. Die Koordinaten! Donat selbst gab sie durch. Sie zog mit Robert die Linien auf dem Bildschirm-Atlas von Xerxes nach. Das Zusammentreffen der Linien zeigte sich im Hafen von Djibu, in dessen Nähe sie sich einquartiert hatte. Es war ihr inzwischen gelungen, sich mit einigen Fluglotsen in Djibu zu befreunden, die ihr die Gelegenheit boten, stundenlang am Monitor im Einflugbereich die Ausgänge mit zu überwachen. Vor allem hatte sie Robert mit Daten gefüttert, sie hoffte, er würde eher als sie selbst reagieren. Und so war es. Robert reagierte prompt, gab Signale, nahm dann mit seiner eingebauten Kamera auf: eine weibliche Person mittlerer Größe, schmale Gestalt, halblanges lockiges Haar, schon etwas angegraut, mit dem leicht müden Gesicht einer nicht mehr jugendlichen Frau, gefolgt von zwei antiquierten Mechanikrobots. Die Frau orderte ein Appartement im Xius, füllte Formulare auf den Namen Beatrice Dantera aus und nahm einen Gleiter zum Hotel.

Zehn Minuten später hatte sie ebenfalls ein Appartement im Xius gemietet. Zur weiteren Beobachtung setzte sie vorläufig nur Robert ein, wollte selbst noch nicht in Erscheinung treten, sondern erst einmal in Erfahrung bringen, womit sich Beatrice Dantera auf Xerxes zu beschäftigen gedachte, was denn der Grund ihres Aufenthaltes hier war. Um dann verblüfft festzustellen, daß diese hauptsächlich Videofilme kaufte, stapelweise Filme und Musikkassetten, sich ferner abends regelmäßig in einer kleinen Bar auf der Südseite des Hotels aufhielt, dort gerne dem Schauspiel der untergehenden Trabanten von Xerxes zusah und dazu langsam von dem einheimischen Wein trank, der hier reichlich angeboten wurde.

Für sie war es nun Zeit geworden, selbst in Erscheinung zu treten.

Sie beschloß, am gleichen Abend diese Bar aufzusuchen, hatte Robert bereits am Eingang postiert, er sollte alles filmen und aufnehmen, was sie beide tun würden. Sie betrat die Bar und ging zur Theke, hatte das Gefühl, als wäre ihr Herzklopfen im ganzen Raum hörbar. Eine Frau bediente an der Theke, fragte freundlich, welches Getränk sie denn wünsche. Zögernd entschied sie sich für den hiesigen Wein, äußerte dabei aber, daß ihr die Auswahl schwer fiele, da sie sich in den Weinsorten nicht auskenne. Die Barfrau nannte ihr einige Rebsorten und wandte sich, Unterstützung suchend, an den einzigen Gast, der neben ihr stand und selber gerade die Weinkarte studierte. Beatrice Dantera. Diese, so unvermittelt angesprochen, blickte auf und sagte freundlich: „Nehmen Sie den Blauburgunder, der ist für Nichtkenner am angenehmsten. Im übrigen, ich trinke ihn auch am liebsten“. Die Barfrau füllte zwei Becher mit dem tiefroten Wein und schob sie ihnen zu. Beide erhoben nun ihre Becher, nahmen zur gleichen Zeit einen Schluck Wein und stellten mit derselben Bewegung die Becher zurück. Es blieb nicht aus, daß sie sich dabei zulächelten.

Stumm standen sie nun nebeneinander, die Augen der anderen sahen sie weiterhin freundlich, aber prüfend an, ahnte sie etwa ..? Nie zuvor hatte Arsis sich je so ratlos, unbeholfen, schwerfällig gefühlt, ihr Herzschlag dröhnte, füllte den ganzen Raum, so glaubte sie. Jäh wandte sie sich der anderen zu, sprach leise, dringend, flüsterte fast: „Vielleicht verderbe ich mir jetzt alles. Aber hören Sie mir bitte einen Augenblick zu, bitte nur einen Augenblick. Nicht aus Zufall stehe ich hier, ich habe auf Sie gewartet, seit Monaten gewartet. Und jetzt verläßt mich aller Mut". Der Blick der anderen war scharf geworden, kein Lächeln mehr. „Bitte, gehen Sie nicht, warten Sie, hören Sie, was ich Ihnen sagen möchte. Ich bin Wissenschaftlerin, mein Name ist Arsis Muti, ich arbeite auf dem Gebiet der Historie der Automaten, der Roboter, wie wir sie nennen, der Personaten. Vor drei Monaten habe ich einen Film gesehen, das Logbuch eines Transporters, den Sie seinerzeit in der Erdzeitsphäre Delta X befehligten, in dem das Objekt meiner Forschung, eine Personata, die schönste Figur, die sich ein Mensch überhaupt denken kann, auftritt". Die Frau neben ihr war blaß geworden, hatte jetzt das grünlich leuchtende Gesicht aus ihrem Traum wie auf einer alten Ikone, mit feinen Rissen in der Patina. Es schien ihr, als taumelte sie sogar, schwankte leicht, würde vielleicht fallen, würde zerbrechen. Ohne nachzudenken legte sie einen Arm um sie und hielt sie. Der Körper, der so gewichtslos gegen sie lehnte, erschien ihr irreal leicht. Sie fühlte unvermittelt den Wunsch, dieser Frau Wärme und Halt zu geben. Einen Augenblick verblieben sie beide so, dann richtete sich die Frau auf, löste sich aus ihrem Arm, sagte: „Können Sie mir den Film zeigen, haben Sie ihn hier auf Xerxes? Ich möchte ihn sehen, bitte". Ihre Stimme, ihr Gesicht war ruhig. „Ja, gehen wir, wir können ihn hier im Hotel sofort anschauen".

Sie gingen zu ihrem Appartement, Robert folgte im einprogrammierten Abstand. Sie zog die Leinwand runter, stellte den Projektor ein und ließ die Rolle laufen. Als die Robota am Eingang erschien, bat die Frau: „Lassen Sie mich einen Augenblick allein hier, bitte." Sie stand auf, ging in den Raum nebenan, lehnte sich gegen die Wand, hörte, daß die Frau weinte. Weinte stärker, enthemmter, endlos lange, der Auftritt der Robota im Film mußte längst vorbei sein. Dann wurde es ruhig, sie ging mit leisen Schritten zurück. Die Frau lag regungslos, den Kopf in den Händen vergraben, auf der Couch. Sie hatte plötzlich Angst um sie, kniete sich neben sie, wollte etwas fragen. Die andere hob den Kopf, der Blick, dem sie begegnete, schien trostlos, da gab es nichts zu sagen. Das Gesicht war müde, die Falten traten deutlich hervor, grau die Gesichtsfarbe. Schweigend schob sie ein Kissen unter den Kopf der anderen und hüllte den Körper in eine leichte Decke. Setzte sich in einen Sessel, blieb dort sitzen, die ganze Nacht. Wagte nicht, sich zu rühren, wollte sich nicht entfernen aus Angst, daß die andere dann fortgehen, für immer verschwinden könnte. Wollte sie auch nicht alleinlassen, aus Angst, egal wovor.

Mit Erstaunen merkte sie, daß sie für diese Fremde mitfühlte, daß sie sie behüten wollte, ihr helfen, vielleicht. Sie wollte nicht, daß diese Frau litt, es tat ihr irgendwie weh.

Der Morgen dämmerte. Da erst wieder regte sich die andere, richtete sich auf, begegnete ihrem Blick. Sagte dann: „Warum haben Sie sich nicht hingelegt? Hatten Sie geglaubt, ich würde verschwinden? Ich wäre nicht weggegangen, nein, jetzt nicht mehr. Sagen Sie mir nun, was Sie vorhaben, und was ich dabei tun kann".

Ich, Beatrice Dantera, wurde im Erdenjahr 2707 in Florenz geboren. Meine Mutter war Ärztin, und ich studierte ebenfalls Medizin. Ich spezialisierte mich auf Raumfahrtmedizin, das heißt vor allem auf die Möglichkeiten der Infektionen auf anderen Planeten und auf psychische Erkrankungen auf den damals noch sehr langen

Reisen zu anderen Galaxien. Durch Zwischenfälle auf den Fahrten dazu angeregt, und auch, um mich zeitgerecht zu beschäftigen, studierte ich dann Nautik, Astronomie und Bordmanagement. Ich absolvierte alle erforderlichen Prüfungen, bis ich selbst Kommandantin war. Ich bevorzugte kleine Tramptransporter, es gefiel mir, aufs Geratewohl durch die Galaxien zu gleiten. Allmählich kristallisierte sich heraus, daß ich Spezialistin im Erforschen derjenigen Gebiete wurde, in die sich nur selten Handelsraumschiffe wagten. Gefördert von einigen Forschungsinstituten machte ich mich selbständig, richtete mir ein Expeditionsschiff nach eigenen Wünschen aus, wurde unabhängig. Mein Name lautete damals anders, ich schrieb über meine Entdeckungen, filmte sie, veröffentlichte meine Ergebnisse, es wurden Reißer auf dem Medienmarkt. Ich machte Karriere, die Welt stand mir wortwörtlich offen, ich fühlte mich fähig zu allem.

Mich zu binden, ein Kind zu bekommen, gut, ich hätte es nicht abgelehnt. Aber ich kam nie ernsthaft in Versuchung, mein Leben verlief ständig anders. Ich wurde süchtig nach Entdeckungen, dem Erkunden unbekannter Galaxien.

Kam ich dann zurück zu meinem Heimatplaneten, wurde ich gefeiert wie eine Heldin, eine Eroberin. Bei einer Gala dieser Art wurde mir jemand vorgestellt, ein Mann, der sich der Umwelt als alchimistisches Wunder aus vergangenen Jahrhunderten präsentierte. Es war etwas an ihm, in ihm, eine Faszination ging von ihm aus, eine Art Blendung, die sogar mich berührte. Es schien, als tauchte er mittels einer Zeitmaschine aus dem Mittelalter der irdischen Zeitrechnung auf. Ein Unsterblicher oder der ruhelose Geist eines Alchimisten? Vielleicht war es die totale Verwissenschaftlichung der letzten Jahrhunderte, die bewirkte, daß sein Erscheinen geradezu wie eine Erlösung gefeiert wurde. Er suchte meine Nähe, er warb mit allen ihm zu Gebote stehenden Mitteln einer glanzvollen Epoche der vergangenen Zeit um mich, mit Erfolg. Ich ließ mich mit ihm ein, ich schlief mit ihm. War er Mephisto? Ich lachte ihn aus, als er einen Pakt mit mir vorschlug. Er ließ nicht nach, er wurde süchtig nach mir, und ich wollte nicht besessen werden. Er wünschte mich als persönliches Eigentum, und das konnte ich nicht sein. Seine Frauenbilder! O Gott, vergessen wir das. Das Idol Helena! Er führte es mir vor, er führte mir einen ganzen Reigen von Phantomen vor. Ich lächelte, sie konnten mich nicht halten, mich nicht verfolgen, ob Frau, ob Mann... Dachte ich – damals.

Als er merkte, daß ich – anders als die Figuren seiner bisherigen Welt – gar nicht auf ihn einging, zeigte er sich nicht als guter Verlierer. Er wurde mir lästig, ich bekam ihn leid und seine endlosen Vorwürfe, und ebenso seine antiquierten Frauenbilder, ich lachte ihn aus, mokierte mich über diese Gestalten, die sein Weltbild beherrschten. Ich sagte, „solange du es nicht fertigbringst, eine Frauengestalt zu schaffen, wie ich sie selbst gern wäre, solange werde ich nicht Teil deines Lebens, nie wird ein Pakt zwischen uns getroffen“.

Stumm starrte er mich eine Weile an, sein Kopf arbeitete sichtlich, dann verbeugte er sich und ging. Blieb fort, ich hörte nichts mehr von ihm. Nach Monaten erreichte mich seine Botschaft, sie klang wie aus dem Jenseits: „Ich werde dir das schönste Werk meines Lebens schicken. Eine Frau, wie du sie fordertest. Dein Spiegelbild. Du wirst sie ansehen müssen, wirst umsonst versuchen, sie abzulehnen. Irgendwann wirst du sie aufnehmen, wirst nicht anders können, wirst sie berühren wollen. Und wenn es soweit ist, dann haben wir den Pakt geschlossen, den ich dir damals antrug. Und ich werde ihn nie auflösen“. Das war alles. Beim Lesen dieser Botschaft wußte ich nicht, sollte ich lachen, das ganze auslöschen oder beides. Glücklicherweise hob ich sie auf; später konnte ich sie immer wieder lesen und sie gut, allzu gut, verstehen.

Ich vergaß diesen Phantasten und damit seine Ankündigungen. Einige Erdenjahre verflogen. Ich hatte den Weg durch einen neu entdeckten Sternennebel geographiert, für kommerzielle Zwecke diesmal, und war gerade auf dem Planeten Darius, um dort meine Ergebnisse vorzulegen. Darius ist ein Planet des Pompösen, alles dort ist gigantisch, die Häuser, die Straßen, die Feste, die die Bewohner feiern. Während einer dieser Feiern, die mir zu Ehren gegeben wurden, da geschah es, da holte es mich ein. Eine Schar Menschiden, eine Abordnung vom Planeten Fuera, warte auf mich, sie seien schon lange da, sie hätten ein Geschenk für mich, sie wollten es nur persönlich überreichen. Ich wünschte jetzt kein Geschenk, ich ließ sie warten, doch die Diener des Hauses kamen mit Entsetzen zurückgelaufen. Die Abordnung ließ ausrichten: für jede Minute, die ich sie warten ließe, würde sich einer der Schar selbst töten. Schon lagen fünf tot auf den Stufen des altertümlichen Palastes, in dem ich weilte, und vor den Pforten erscholl Schreckensgeschrei, da sich die Zahl der Toten mehrte. Dem Tyrannen von Darius, Schirmherr dieses Festes, war das sichtlich unangenehm, und er bat mich, vor die Pforte zu treten: 'Wenn auf Darius Tote, dann nur auf meinen Befehl!'

Ich ließ alles hinter mir und eilte zur großen Pforte. Dort, auf der obersten Stufe blieb ich stehen, blickte auf die Abordnung und auf die Sänfte, die sie inzwischen abgesetzt hatten. Die Vorhänge bewegten sich, und eine Frau stieg aus. Eine Frau, sage ich? Eine Göttin.

Bei ihrem Anblick stockte mein Herzschlag. Nie zuvor hatte ich physische Schönheit derart wahrgenommen. Diese Frau, war sie wirklich eine Robota, eine Personata? Geschenk von wem? Von diesem Phantasten, dem Alchimisten? Hatte ich ihn unterschätzt? Und der Pakt, den er mir damals anbot, was würde er mir bringen? All diese Fragen schossen mir durch den Kopf, während ich sie, die auf mich zuschritt, anstarrte. Sie blieb vor mir stehen, sah mich an, die Augen traurig und müde, blickte dann auf die Reihe der Toten. Sagte dann, „welch ein Wahnsinn. Laß uns hineingehen, ich ertrag das nicht länger“. Immer noch starrte ich sie an, glaubte zu ahnen, was geschehen war. Sie war geformt, wie ich mich selbst formen wollte, sie hatte den Triumph des Nichtwissens schon überwunden, war vom Leben bezwungen, war meine Zukunft und trug bereits in sich meine Trauer, mein zukünftiges Wissen. Und damit das Gefühl, das ich noch nicht kannte, das ich aber bald zutiefst kennenlernen sollte. Ich begriff sofort, diesem Lebewesen, aus welcher Materie es auch immer geformt war, ihr konnte ich mich nicht verschließen, oder ich mußte mich für immer gegen mich selbst verschließen.

Meine Geschäfte auf Darius besorgte ich so schnell wie möglich, wollte den Planeten sofort verlassen. Ihr, der Robota, hatte ich eine Stelle als Mitglied meiner Crew angeboten, und sie nahm an. Sie ließ sich durch meine Robots die Techniken und Aufnahmen erläutern, sah Mikrofilme durch, informierte sich. Es erwies sich, daß sie alles einmal Gesehene für immer in sich speichern konnte, ein technisches Wunder! Eine echte Robota! In den Papieren wurde sie offiziell als Astronautin geführt.

Und so starteten wir im Frühjahr des Galaktischen Jahres 2730 zu einer langen Forschungsexkursion in die Spiralnebel südlich von ATX3. Unsere Besatzung bestand wie immer aus Robots: Mechanikrobots, Schutzrobots, und nunmehr einer Homunkula. Und mir, der einzigen wirklichen Menschin.

Bislang war alles gut gegangen. Beatrice Dantera war bereit einzusteigen. Der Vertrag wurde aufgesetzt. Donat als Zeuge und Verwalter des Forschungsetats zeichnete mit ab.

Jetzt, wo sie beide, sie und Beatrice, länger zusammentrafen, staunte sie immer wieder über die wechselnde Ausstrahlung dieser Frau. Einmal schien sie jung und zündend, erklärte Abkürzungen, geheime Wege, Tricks, lachte über die genormten Routen und Anweisungen. Dann wieder erschien sie grau, verschlossen, sah alt aus, fast zerbrochen. Lebte sie nur unter Drogen? Diese Möglichkeit wollte sie nicht erörtern, eine Bestätigung hätte die Exkursion gefährden können. Hände weg davon, das war nicht ihre Sache.

Fünf Wissenschaftler, Spezialisten für Astronautik, sollten an der Exkursion teilnehmen, ferner sie, Arsis Muti, als Forschungsbeauftragte der Abteilung Homunkula-Personata und Beatrice Dantera als Kommandantin des Forschungsschiffes. Im Raumschiff war wie immer der Platz knapp bemessen. Die Männer mußten sich zusammendrängen, für die beiden Frauen blieb nur eine gemeinsame Kabine im Lotsenraum. Würden sie das beide ertragen? Oder würden sie eines Tages anfangen, sich zu hassen? Beatrice schien so sehr mit Messungen und Berechnungen beschäftigt, daß das für sie wohl nicht zum Problem würde. Und für sie, Arsis, könnte für sie selbst die Fahrt zum Problem werden? Immer wieder hatte sie Warnungen vor den Veränderungen der Psyche auf allzu langen Fahrten vernommen. Auf engstem Raum half nur Selbstkontrolle, Selbsthypnose, sie hatte Trainingskurse absolviert, das war Pflichtfach.

Einige Wochen waren sie schon unterwegs. Arsis war sich inzwischen darüber im klaren, sie war fasziniert, verzaubert von dieser Frau neben ihr, sie bewunderte sie mehr und mehr, je länger sie an ihrer Seite lebte. Wenn sie aufwachte, wenn sie ins Cockpit stieg, immer kehrte ein freudiges Gefühl, Erwartung, Wärme wieder. Und die andere? Sie schien gleichbleibend distanziert.

Das Herz einer Göttin. Göttin, sage ich. Ich weiß, was ich da sage. Eine Göttin war es, die sich mir zugesellte. Warum mir? Weil ich denselben unstillbaren Wissensdurst in mir spürte, den auch sie fühlte?

Das war nicht alles, ein Rest bleibt für immer ungeklärt.

Soll ich mich glücklich preisen, weil eine Göttin mich aussuchte, aufsuchte? Soll ich das Elend überdenken, das später wuchs, in der – kann ich sagen – unendlichen Einsamkeit, die mir blieb? Hatte sie einen Hilferuf nach Wärme, nach Liebe von mir erhalten? War das Auftauchen des Alchimisten programmiert gewesen? Wärme, Liebe gab sie mir eine Weile. Das muß mir genügen, genügt mir.

Das Herz einer Göttin. Einer rastlosen, ständig ihren Wissensdurst auslebenden Gottheit, rastlos, da immer in veränderter Gestalt, greifbar, aber nicht begreifbar. Existierend.

Das Herz einer Göttin, das ich nun endlich bergen kann, herausholen darf aus dem Flammenchaos, in das es sich bettete, um sich zu härten. Das ich zurückbringe in ihr Heiligtum. Mein Versprechen einlöse. Ihr und mir Ruhe gebe. Endlich.

Inzwischen hielten sie gemeinsame Übungen und Messungen ab, errichteten Simulationsprogramme. Sie erhielt eine gründliche Einarbeitung in Nautik, Astronomie, Medizin, und in die Musik des 17. bis 19. Irdischen Jahrhunderts. Eine alles umfassende Mediothek führten sie mit sich: Bänder über die Geschichte der irdischen Zeitrechnung bis in die vorchristliche Datierung, Bänder über die Erschließung anderer Galaxien. Es würde über Ewigkeiten hinweg reichen, sich mit allem zu beschäftigen, alles in sich aufzunehmen. Die anderen Wissenschaftler im Schiff versetzten sich meistens in Tiefschlaf, das erhält den physischen und psychischen Zustand besser. Beatrice lehnte so etwas ab, und sie, Arsis, schloß sich an. Sie wollte lernen, lernen, und verstehen, was immer es auch war.

Einmal, sie simulierten beide am Schaltpult „Transporter finden", Arsis wollte tarnen, setzte falsch an, die andere merkte es, schnitt ihr die Route ab, dabei mußte sie sich, hinter ihr stehend, vorbeugen, und ihre Brüste streiften leicht Arsis Kopf. Die Berührung traf Arsis wie ein Blitz. Als verließe sie jeder Halt, der Boden, der Sitz unter ihr, die Luft zum Atmen fehlte. Keinen Funken Kraft spürte sie mehr in sich, hoffte, sich aufrecht halten zu können und nicht dem Wunsche nachgeben zu müssen, sich mit geschlossenen Augen in diese Arme gleiten zu lassen, noch einmal für kurze Zeit die Weichheit und Wärme zu spüren, ihre Wange an diese Brust zu schmiegen. Sie tat nichts dergleichen, saß starr da, unfähig, sich zu bewegen. Die andere schien nichts zu bemerken, hatte ruhig die Route korrigiert und gab weitere Anweisungen ein. Dann erst wandte sie sich Arsis zu und fragte, was ist, träumst du?

Während der Nachtruhe lag Arsis mit offenen Augen in ihrer Koje und versuchte zu begreifen. Was war das? Wie war so etwas möglich. Wie konnte es das geben? Und warum mußte ihr das passieren? Nie hatte sie bisher die Neigung verspürt, sich einer Frau zu nähern, sie zu berühren. 'Ich will aussteigen, o Gott, ich will sofort aussteigen! Ich will Zamo, sie projezierte sich Zamo, versuchte, sich vorzustellen, von seinen Armen gehalten zu werden, oder, mehr noch, ihn in sich eindringen zu spüren. Sie versuchte mit ihrer Hand, was sie nie versucht hatte. Es übte keinen Reiz auf sie aus. Sie knüllte das Laken zusammen, wollte die Illusion seines Gliedes unter sich aufleben lassen, steigerte sich im Rhythmus. Und doch, als sie sich heftig atmend fallen ließ, war da nur wieder der einzige Wunsch, in den Armen der anderen zu liegen. Sie konnte diese Sehnsucht nicht mehr aus ihrem Kopf bannen. Wie eine Schallplatte, die in einer Rille festlief, kam sie immer wieder dorthin zurück. Sie hob den Tonarm an und die Musik lief in derselben Rille wieder fest. Aus. Irgendwann, das war sicher nur eine Frage der Zeit, würde sie die Kontrolle über sich verlieren. Was würde diese Frau dann tun? Liebe empfinden oder Mitleid, Abscheu? Sie beschloß, ab sofort Tranquilizer zu nehmen.

Eines begann sie nun zu begreifen, nämlich, warum die meisten Raumfahrer es vorzogen, mit Mechrobots zu arbeiten. Gefühle vermeiden! Führte Beatrice deshalb auf ihren Fahrten nur Robots mit sich? Erfahrung im Ablegen von Gefühlen? Oder war Beatrice darüber längst hinaus? Wie ist das, alt zu werden, hören Gefühle, Reize, Wünsche nach und nach auf? Eine Antwort darauf kam ihr nicht zu, noch nicht. Diese Erkenntnisse lagen noch weit vor ihr, all das mußte sie erst selbst durchleben. Sie würde alles einmal selbst durchleiden müssen, um irgendwann später – hab ich es dann vielleicht vergessen, oder behalte ich alles im Gedächtnis – um später möglicherweise Wissen zu bewahren und Verständnis zu geben?

In der darauffolgenden Zeit nahm sie regelmäßig eine kleine Dosis Tranquilizer, brachte es fertig, gelassen zu wirken, merkte zwar, daß sie etwas langsamer wurde, ihr Geist nahm nicht mehr alles als reizvolles Spiel an, mehr und mehr wuchsen die Spiele zu schweren Aufgaben heran. Die andere mußte es bemerken, verlor jedoch kein Wort darüber.

Eine Weile ging alles gut. Sie hatten ihre letzte Anlegestation verlassen. Von jetzt ab ging es ohne Aufenthalt nach Fuera. Die Crew übte ihren Spezialeinsatz, alles mußte mit absoluter Präzision ablaufen, der Planet war noch leicht verstrahlt. Keine Panne bitte. Da geschah es, in ihrer gemeinsamen Kabine, daß Beatrice sich ihr voll zuwandte, sie mit beiden Händen fest an der Schulter ergriff, sie leicht schüttelte und mit eindringlicher Stimme sagte, jetzt hörst du auf damit. Du mußt von jetzt ab voll dabei sein, hörst du. Schluß mit den Tabletten. Du mußt jetzt wach werden, verstehst du?

Es traf sie wie ein Schuß. Sie starrte in die ihr so nahen Augen. Eine Sperre in ihr versagte. Ihre Lähmung wich, plötzlich konnte sie sich bewegen, konnte ihre Arme heben. Ihre Arme taten alles von selbst, legten sich um die schmale Gestalt, zogen sie an sich, ihre Wange schmiegte sich an eine andere, sie wollte sie mit den

Lippen berühren, und ... behutsam, aber entschlossen, ergriffen die Hände, die sie zuvor geschüttelt hatten, ihre Arme und lösten sie. Dieselbe eindringliche Stimme sagte leise, studiere die Übungen zur Selbstanalyse, Chapter fünf, gründlich und hör auf mit diesen Tabletten. Dann stand sie wieder allein im Raum.

Ihre Augen brannten, ihr Gesicht glühte. Nie in ihrem Leben hatte sie jemals eine Ohrfeige bekommen. Dies war vielleicht auch keine gewesen, fühlte sich aber so an. Sie zog sich zitternd zurück in ihre Koje, versuchte, sich zu beherrschen. Atmete tief durch, dachte an den Leitsatz: Im Raum wird alles Bedeutende unbedeutend, alles Unbedeutende wird bedeutend. Die Umkehrung aller Dinge, aller Gefühle? Chapter fünf. Zusammenleben auf allerengstem Raum: Fängt man da einmal mit Gefühlen an, schlagen sie leicht später ins Gegenteil um. Übergroße Zuneigung in übergroßen Haß, genau das, was in der Raumkapsel tödlich enden kann.

Nein, sie mußte endlich lernen, was sie zuvor nie zu erlernen gezwungen war. Verwöhntes Geschöpf, ständig umgeben von liebenden Vätern, Lehrern, Liebhabern. Schau in den Spiegel, wer bist du: ein unbedrucktes Kissen, weich und verwöhnt, ohne Prägung, ohne Narben. Denkst, jeder oder jede öffnet dir die Arme, wünscht nur, dich zu umarmen. Hast noch niemals auch nur den Versuch gemacht, dich in andere hineinzufühlen. Recht hatte sie getan, die andere. Das fehlte hier jetzt gerade noch, eine unkontrollierte, hemmungslose Zuneigung, sprich Liebe, zu einer Frau, fast zweihundert Jahre älter als sie selbst. Sie mußte mit der Faust ihr Lachen ersticken. Zweihundert Jahre, eine ganz andere Welt, keine gemeinsamen Erfahrungen. Hör auf mit dem Zittern, mit dem Flennen, Schluß. Schluß mit Gefühlen. Coolness ist jetzt gefordert, sei cool, gut so. Sie griff nach ihren Kassetten, ließ sich von Musik umhüllen, verbot sich strikt jeden weiteren Gedanken.

Zum vereinbarten Zeitpunkt stieg sie Stunden später ins Cockpit.

Beatrice saß nicht am Schaltpult, sondern lag auf ihrem zurückgeklappten Sitz, die Augen geschlossen. Schlief sie? Arsis hatte geklopft, bevor sie eintrat. Jetzt ging es darum zu zeigen, daß sie, Arsis, verstanden hatte. Sie setzte sich schweigend auf ihren Sitz, kontrollierte die Schaltung. Die Steuerung war auf Halbautomatik eingestellt. Sie überprüfte alle Einstellungen, hakte die Checkliste ab. Kein Wort, keine Bewegung neben ihr. Sie warf einen Blick auf die Frau im Nebensitz. Diese hatte immer noch die Augen geschlossen, hatte tiefe Ringe unter den Augen, sah müde aus wie nie zuvor. Fiel ihr das erst jetzt auf? Das Gesicht, noch schmaler als sonst, wirkte fast verfallen. Es berührte sie bis ins Innerste, weckte Mitgefühl und Zärtlichkeit. Sie lehnte sich zurück, schloß ebenfalls die Augen. Nichts fühlen, nichts denken. Eine Bewegung neben ihr. Beatrice hatte sich aufgerichtet, griff zum Schaltpult und stellte auf volle Automatik. Dann berührte sie mit ihrer Hand die Knöpfe von Arsis' Sitz, weich glitt dieser zurück, gab soweit nach, daß sich die Kopfpolster der beiden Sitze berührten. Mit einer leichten Bewegung drehte Beatrice ihre Schallkugel über ihre beiden Köpfe. Zart und weich wie ein Traum glitt Musik heran, die Töne wie Perlen auf eine leuchtende Kette gereiht, leise und traurig, dann gewaltig, aufbrausend. Sie badeten in Tönen, welche sie gemeinsam in einer Welle forttrugen, sie waren beide eine Einheit, schwebten im Raum, körperlos, in einer Unendlichkeit, nur gehalten von der Perlenreihe der Töne, schwammen zeitlos, wunschlos, in der Schwärze der Tiefe des Alls, die durch die Scheiben ihrer Kapsel zu ihnen drang. Solange sie lebte, würde sie das nie vergessen. Dies war Einheit, dies war Vollendung. Gefangene fürs Leben – dieser Augenblick machte sie dazu.

In diesem Moment wurde sie süchtig, süchtig nach einem Leben im Raum, im Weltall. Kein Schritt führte zurück. Kein Erleben auf einem Planeten konnte das aufwiegen. Sie verstand die Ruhelosigkeit aller Raumfahrer. Für immer den Flug durchs Weltall suchend. Kein Leben mehr nach den üblichen Gesetzen.

DANACH

Tiefste Dunkelheit, von grellen Explosionen zerrissen. Explosionen, die durch Kopf und Körper rasen. Wenn sie innehalten, folgt Wärme, Ruhe, Sanftheit. Klein, ganz winzig klein, schaukelt sie in einer warmen Enge, in einem anderen Körper. Und wieder zerrissen von grellen Explosionen . . .

Irgendwann hörte der Traum auf. Sie erwachte, fror, Übelkeit schüttelte sie. Ein weißes Bett, ein kahler Raum. Ihr Körper zitterte, preßte sie in einen Krampf. Sie hörte Schritte, dann folgte der Stich einer Spritze. Ruhe. Irgendwann erfuhr sie, wo sie sich befand: in einem Krankenhaus auf Gamma 11. Aufgefunden hatte man sie in einem Freiasyl einer Transporterstation. Warm verpackt in einem Schlafsack. Ohne Erinnerung, aufgepumpt mit Drogen, die übliche Krankheit der Raumfahrt. Ihre Kreditkarte, säuberlich verpackt in einem Mäppchen auf ihrer Brust, wies sie aus, verschaffte ihr Ansehen, Kredit, Annehmlichkeiten. Aber dann die Verhöre: Die Expedition AFRA galt als gescheitert. Ein Prozeß um verlorene Kosten in Milliardenhöhe begann. Das Versagen aller Expeditionsteilnehmer wurde gerichtlich attestiert, an erster Stelle das ihre, und sie wurde aller Aufgaben und Ämter enthoben. Das Urteil: Strafversetzung auf einen Vorposten auf einem entfernten Planeten der Galaxis III.

Ihrer Verteidigung gelang es, für sie noch einen Aufschub von drei Monaten zu erringen, um ihre persönlichen Angelegenheiten zu ordnen und ihre Verwandten und Freunde zu sprechen.

Das Gespräch mit ihrem enttäuschten und entsetzten Vater dauerte nicht lang. Beim Treffen mit Zamo konnte sie sich nicht von ihm berühren lassen, konnte nicht mit ihm schlafen, fühlte, damit war das Wesentliche ihrer Beziehung beendet. Donat umarmte sie. Er sagte, er ließe sie nie ganz von sich, er habe ihr einen Sender in den Kopf eingebaut, der ihm Zeichen gäbe, wo sie auch sei. Und er würde ihr nachschicken, was immer sie brauche, Fachliteratur, Bücher aller Art, Trost. Sie konnte nicht lächeln und nicht weinen.

Sie fühlte sich leer, ausgehöhlt, wie eine ausgepackte Tasche. Ein Empfinden des Unwirklichen, der tiefsten Müdigkeit, sich selbst nicht in den Griff bekommend. Trotz Therapie, trotz aller Mittel, es blieb wohl so.

Ohne Mitteilung verließ sie das Hotel und fuhr mit der U-Bahn in die City. Gab denn ihre Scheckkarte noch Geld heraus? Sie versuchte es am nächsten Automaten. Ja, der Automat zahlte ihr Banknoten aus. Sie hatte also noch Mittel, kaufte eine Seidenbluse, passende Hosen, einen Trenchcoat. Als sie in den Spiegel schaute, war da jemand, ein Gesicht, ihr sogar vertraut, dieser Ausdruck, diese Gestalt, unzweifelhaft sie. Und ihr Geld, jedweden Betrag gab der Automat her. Also zahlte man sie weiter, galt sie noch als Mitglied der WESA. Sie ließ sich in der Menge treiben. Blicke streiften sie, Körper berührten sie im Gedränge, manchmal fordernd. In der U-Bahn rieb sich ständig irgendjemand an ihr. Sie kümmerte sich nicht darum, kannte die Spiele all dieser Singles in den Cities: sinnloser Versuch, aus der Welt der Videos und Träume einmal umzusteigen in die Realität, in eine wirkliche Berührung. Einmal verspürte sie die Weichheit, den Körper einer Frau, die Brüste an sie gedrängt, doch bevor sie reagieren konnte und wollte, schob die Menge sie schon weiter. 'Seltsam, da leben wir in unseren Kapseln Ewigkeiten im Weltraum und träumen von Cities mit all den Möglichkeiten einer Begegnung, und dann geht eben nichts als ein Drängen an andere Körper. Zu viele sind es, um eine einzige echte Begegnung daraus zu schaffen'.

Die Menschenmenge zog sie an einem der vielen Eros-Center vorbei. Da fiel ihr Blick auf MAN – WOMEN, riesig und grünleuchtend, darunter Fragezeichen aufflackernd: DESIRE FOR MAN? – DESIRE FOR WOMAN? Sie kämpfte gegen den Dschungel der Menschen, entglitt ihm und blieb vor der Reklame stehen. Hier boten sich an: Frauen für Männer – ein Film zeigte Details, Männer für Männer – ein Film der Akteure, Männer für Frauen, Frauen für Frauen, Name, Aussehen, Preis, Bewegungen, Spezialitäten. Sie studierte die Knöpfe, drückte dann WOMEN FOR WOMEN, steckte ihre Scheckkarte hinein. Please stamp details. Welche Details? Caressing only, sie drückte. Cunnilingus, sie drückte. Und so drückte sie Knöpfe für diverse Spezialitäten, von denen sie nichts wußte. Sie würde sehen. Mit Männern fühlte sie sich informiert. Jetzt also, warum nicht mal mit Frauen?

Please your hand. Der Automat forderte das Einlegen ihrer Hand. Sie tastete hinein, ihre Finger wurden mit einem Schaum umhüllt; als sie ihre Hand zurückzog, trug sie einen grünen Streifen schimmernder Farbe. Die Markierung, sie hatte davon gehört, verschwand automatisch nach Ablauf der bezahlten Stunden. Eine Täuschung, ein Umtausch, eine Verlängerung wurde dadurch unmöglich.

Please enter. Sie ging hinein. Which women do you want? Ein, zwei, drei Videos liefen, zeigten Frauen aller Farben, Größen, allen Alters. Sie drückte auf den Knopf bei einer großen, dunkelhäutigen Frau, Statur und Gesicht geformt wie eine Statue aus der Zeit der alten ägyptischen Reiche.

She is occupied, do you want another? Sie drückte: no, I will wait. o.k. Wieder: please choose the room. Der Film zeigte einige Räume, sie wählte, Please enter. Sie trat ein. Ein Zimmer in den Farben gelb und grün, in der Raumkapsel hatte sie immer den Wunsch nach diesen Farben verspürt. Boden und Bett schimmerten in grünem Samt, Wände und Decke gelb wie heller Sonnenschein. Sie duschte sich, hüllte sich in ein Badelaken und legte sich auf das Bett. Von den angebotenen Getränken wählte sie Kaffee, Wein und nahm den bereitstehenden Teller mit Käsestückchen und Oliven. Suchte einen Film aus, nichts Erotisches, einfach einen Film über eine Landschaft an einem Sommermorgen, den fand sie zu ihrem Erstaunen im Angebot. Sie schloß die Augen, genoß den Duft, der sich mit dem Film vermischte, die Vogelstimmen.

Eine leichte Berührung, sie öffnete die Augen. Über sie beugte sich die Frau, die sie ausgewählt hatte, strich ihr zart übers Haar, dann glitt die Hand über ihr Gesicht, über ihre Schultern. Sanfte warme Hände öffneten ihr Badetuch, streichelten ihre Arme, Brüste, glitten weiter. Ihre Schenkel öffneten sich von selbst, ganz leicht, zart strichen die Hände über die Innenseite ihrer Schenkel, ebenso leicht legte sich eine Hand auf ihren Flaum, glitt tiefer, fuhr langsam und sanft über ihre weiche Mitte.

Dann fühlte sie die Lippen der Frau weich und leicht über ihren Körper gleiten, jede gestreichelte Stelle mit dem Mund berührend. Sanfte Finger öffneten ihren Spalt und die Lippen folgten. Sie spürte die warme Zunge in ihrem Innern. Jede Bewegung erschien ihr wie in Zeitlupe, so langsam, intensiv und zart. Sie wollte näher an diese warme Berührung heran, doch fühlte sie sich seltsam schwer und unbeweglich. Sie wollte mit ihrem Körper diesem weichen Rhythmus der Zunge folgen, konnte nicht. Konnte sich nicht mehr bewegen. Hatte das Gefühl, sie liefe aus, der letzte Rest Bewußtsein verließe sie auf diesem Wege. Tränen liefen ihr über die Wangen, strömten stärker, es wurde eine Flut, gegen die sie nicht ankam. Stoßweise begann sie zu schluchzen, gegen ihren Willen, heftiger, es nahm ihr fast den Atem, fast die Besinnung. Völlig wehrlos fühlte sie sich dieser Erschütterung, diesem jämmerlichen Zusammenbruch ausgeliefert. Nichts fand sie, an das sie sich halten konnte, alles zerrann in ihr wie nach einem Dammbruch. Ohne Kontrolle über sich begann sie am ganzen Körper zu zittern.

Die Frau löste ihre Lippen von ihr, hob den Kopf, erhob sich ganz, legte sich neben sie. Mit einem Arm umschlang sie sie, mit der anderen freien Hand streichelte sie ihr immer wieder sanft Schläfen, Wangen, Schultern, umfing sie noch dichter, wiegte sie in ihren Armen, flüsterte zärtliche Worte in einer unverständlichen Sprache, wiegte und streichelte sie, wieder und immer wieder. Es hörte nicht auf, ihr Zusammenbruch hörte nicht auf.

Dann bemerkte sie, da waren plötzlich noch zwei weitere Frauen im Raum, sie hörte sie flüstern, andere Hände berührten sie leicht. Sprachfetzen verstand sie, geflüsterte Worte. „Wir müssen was tun, aber was? Daß bloß nicht die Überwachungsautomatik für den Programmablauf was checkt! Wenn die Alarm schlägt ... Um Gotteswillen, keine Ambulanz! Seid ihr wahnsinnig, die liefern sie in die Psychiatrie, das ist für sie das Ende. Nein, laßt uns überlegen. Wir machen's anders, das Programm muß weitergehen. Was steht jetzt drauf? Kommt, ihr beide müßt nun weitermachen. Los, fangt an, der nächste Punkt, macht schon!" Immer noch hielt die große, dunkle Frau sie umschlungen, streichelte sie. Sie bemerkte heftige Bewegungen der beiden anderen Frauen neben sich. Es wurde ihr langsam klar, was da geschah: sie führten das Programm weiter. Spürte die Erschütterungen des Bettes, hörte Flüstern, Lachen, Keuchen. Und immer noch drückte die dunkle Frau sie wie ein Kind an sich, ihre zärtlichen Hände berührten ihr Gesicht, ihren Nacken.

Nach einer Weile wurde es ruhig im Raum, alle drei Frauen beugten sich über sie. Es ging ihr besser, sie zitterte nicht mehr, das stoßweise Schluchzen hatte aufgehört. Sie fühlte sich matt, aber ruhig, atmete tief durch. Die beiden anderen verschwanden lautlos, sie waren wieder zu zweit.

Sie spürte, wie die andere sich vorsichtig auf dem Bett neben ihr ausstreckte, sie mit beiden Armen auf sich zog, auf ihren Körper hob, sie lagen nun eng aneinandergeschmiegt. Eine Zeitlang geschah nichts, sie hörte nur den rascheren Atem der Frau, die sie umschlang.

Dann umfaßten die Hände der anderen ihr Gesäß, zogen sie eng, dicht an den eigenen Schoß. Der Körper unter ihr begann langsam seinen Rhythmus, steigerte ihn, wurde heftig, heftiger. Sie, die andere, atmete nun stoßweise, drängte sich stärker an sie, noch stärker, begann zu stöhnen, ihre Bewegungen wurden schneller, noch schneller. Die Hände ließen sie los, glitten ziellos umher, krallten sich im Bettleinen fest, der Körper bäumte sich auf, sie schrie irgendetwas, Unverständliches, forderte, schluchzte. Arsis umklammerte diesen tobenden Körper unter ihr, drückte ihn nieder mit ihrer eigenen, jäh wiedergewonnenen Kraft, stieß im Rhythmus, fand Widerstand, fühlte, wie ihr ganzes Innere sich zusammenzog, wie sich ihre zuckende Mitte an diesem Widerstand rieb, der ganze rasende Körper unter ihr trieb sie, trieb sie hoch, bis sie sich selbst aufschreien hörte, fühlte Nässe auf ihrer Haut, herausquellend aus ihr. Ihren nassen Spalt an den flauschigen Hügel der anderen gedrückt, ließ sie sich auslaufen. Hörte ihrer beider keuchenden Atem, ließ sich fallen, fühlte, wie die andere sie mit den Armen umschlingen wollte, die Arme fielen zurück, waren zu matt.

Später, viel später, als sie sich wieder bewegen konnten, flüsterte die andere, das war nicht im Programm. Und noch leiser, jetzt bleib ich in deiner Schuld, du hast bei mir noch einige Freirunden.

Und lachte.

„Also, versuchen wir mal, die Sache von der anderen Seite her zu durchdenken. So, wie es aussieht, hat diese Frau Sie ausgenutzt, betrogen, im Stich gelassen, Ihr Vertrauen mißbraucht. Aber sehen Sie doch mal das ganze aus Beatrices Sicht. Mußte sie sich nicht verantwortlich für die Robota fühlen? Verantwortlich für das Geschenk des Alchimisten, nur für sie gemacht, zu ihrem Glück oder Unglück? Fast ein Jahrhundert lang waren die beiden Gefährtinnen im Weltraum und wahrscheinlich auch in der Liebe. Immer auf engstem Raum zusammen, das schafft eine starke Bindung. Eine Bindung für immer. Nun diese seltsame Reise nach Fuera, wo eine von beiden aus rätselhaftem Grund dort zurückbleibt. Hatte die eine die andere im Stich gelassen? Oder hatten sie vorher eine Absprache darüber getroffen? Hatte Beatrice der Robota vielleicht ein Versprechen gegeben, als diese dort zurückblieb? Ein Versprechen, sich, egal mit welchen Mitteln, um den Verbleib ihrer Reste im Verlaufe der Jahrzehnte zu kümmern? Ungelöste Fragen. Tatsache ist, daß anstelle der Robota auf dem Rückflug eine junge Frau den einzigen Beifahrerplatz einnahm. Eine junge Frau, die ein Kind erwartete, der einzige weibliche Nachkomme einer Dynastie von Raumfahrern, die seinerzeit Fuera an die Galaktische Union angeschlossen hatten. Direkt nach dem Start des Transporters war auf dem Planeten eine Atomexplosion großen Ausmaßes ausgelöst worden, vermutlich die Tat eines Fanatikers, der Einfluß revolutionärer Splittergruppen. Irgendjemand wußte von der kommenden Zerstörung, und nur ein menschliches Lebewesen konnte gerettet werden, eines nur, mit einem zweiten Lebewesen in sich. Ist Beatrice ihrem Gewissen gefolgt, menschliches Leben zu retten, auch um den Preis der schönsten Imitation? Wie wird sie später mit ihrer Entscheidung fertiggeworden sein? Kamen danach etwa Zweifel an der Notwendigkeit dieser Entscheidung, Reue, Sehnsucht nach der ehemaligen Gefährtin? Wir wissen es nicht.

Gehen wir einen Schritt weiter. Sie meinen, Beatrice habe die Gelegenheit ausgenutzt, die Expedition benutzt, um an die Robota, oder was noch von ihr existierte, heranzukommen. Woher sind Sie so sicher, daß Beatrice das nicht selbst schon vorher versucht hatte? Nur war der Planet bisher zu verstrahlt gewesen, um überhaupt in seine Nähe zu gelangen. Aber inzwischen muß sie mehrmals in der Nähe des Planeten gewesen sein. Wie hätte sie sonst so genau berechnen können, daß ihr der Sturm im Spiralnebel um Fuera beim Entkommen helfen konnte. Sie mußte den Sturm und seine Regelmäßigkeiten genau gekannt haben. Wer sagt denn, daß Beatrice nicht bereits Pläne ausgearbeitet hatte, die Suche allein durchzuführen, möglicherweise etwas später. Nun kamen Sie ihr mit Ihrer Expedition zuvor. Es blieb ihr nichts anderes übrig, als sich Ihnen und der Expedition anzuschließen. Das tat sie. Es wurde ihr klar, daß Ihre Expedition die allerneuesten technischen Geräte mit sich führen würde, ein Erfolg schien sehr wahrscheinlich. Wahrscheinlicher als bei einem Alleingang. Sicher, bei erfolgreicher Suche hätte sie Ansprüche beim Weltforschungsrat für sich stellen können. Aber gegen das Forschungsvorhaben der WESA wäre sie sicherlich machtlos gewesen. Die Robota aber war ihr Eigentum, ihre Gefährtin, und nun ihre Tote auf einem verstrahlten Friedhof.

Aber weiter mit der Rekonstruktion des Geschehens. Der Sturm war also einkalkuliert. Nachdem die Reste der Robota im Greifer des Gleiters waren, kam er genau richtig, um den Gleiter verschwinden zu lassen. Und Sie saßen als Copilotin dabei, mit drin. Denken Sie mal nach, Sie wissen doch, was ein PSI-Sturm in den Spiralnebeln bedeutet. Auch, daß die Wissenschaft bislang vor einem Rätsel steht, wie ein Mensch physisch und psychisch den Sturm überlebt. In der Raumfahrt kam das bisher noch nie vor. Sie, Arsis, sind das erste menschliche Lebewesen, das überlebte, mit Ausnahme eines Neugeborenen einer nach einem PSI-Sturm qualvoll verstorbenen Frau. Ahnen Sie, wie wertvoll Sie für meine Untersuchungen sind? Wenn meine Aufzeichnungen stimmen, so sind Sie, Arsis, durch diese Überwindung des PSI-Sturmes für immer immun dagegen.

Aber jetzt zum Wichtigsten. Wie gesagt, wir wissen nicht, wie ein Mensch einen PSI-Sturm überleben kann. Ich habe den Fall des Säuglings untersucht. Während des Sturmes war er im Mutterleib, vollkommen von menschlichem Gewebe umschlossen. Kein künstliches Gewebe, gleich welcher Art, hat bisher diesen Schutz geben können. Es müßte also ein Mensch sozusagen in einen anderen hineinkriechen können, um zu überleben.

Und jetzt, Arsis, hören Sie mir bitte genau zu. Sie, die Sie jeden Menschen hassen, weil Sie sich verraten fühlen, enttäuscht, die Sie den Glauben an alle Werte abschütteln. Es hat auch keinen Sinn, daß Sie diese Frau dennoch in den Armen jeder Frau wiedersuchen, nur, um dann erneut zu hassen. Was ich jetzt mit Nachdruck behaupten will, ist: diese Frau hat Sie gerettet, hatte Ihre Rettung vorher eingeplant. Arsis, wie Sie selbst berichteten, hockten Sie auf dem Boden des Gleiters, um, wie die Frau Ihnen dringend riet, den Startdruck zu verringern. Den Startdruck hätten Sie auf dem Beifahrersitz genauso gut ertragen. Wie Sie, Arsis, selbst bemerkten, verloren Sie sofort im Sturm das Bewußtsein. Beatrice, ganz offensichtlich immun, hat damit gerechnet, sie hat Ihren Kopf sofort in ihren eigenen Schoß gedrückt, den im Sturm gefährdetsten Teil des Menschen sozusagen in sich genommen, mit ihrem eigenen Leib geschützt. Und das Tage, Wochen, wir wissen es nicht. Aber was dazu gehört, kann man nur ahnen. Ich weiß nicht, mit wem ich das selbst durchstehen könnte, mit meinem Kind vielleicht? Arsis, was ich Ihnen damit sagen will: Wenn Beatrice sie nur benutzt hätte, dann hätte sie nie so gehandelt, hätte Sie im Sturm einfach umkommen lassen. Nein, sie hatte Ihre Rettung geplant. So handelt man nicht bei einem Menschen, der einem gleichgültig ist. In dieser Situation jemanden derart zu halten, da muß schon sehr viel Gefühl mit im Spiel sein. So sehe ich das.

Ich sag es noch einmal: Beatrice hat Sie weitgehend unversehrt durchgebracht. Hat Ihnen auf der Fahrt die unglaublichsten Kenntnisse über Raumfahrt vermittelt, ihr vorher so gehütetes Wissen an Sie rückhaltlos weitergegeben. Hat Sie in jedem Fall gerettet, wenn man bedenkt, daß ja auch das Expeditionsschiff einschließlich der Besatzung seinerzeit in größte Gefahr geriet.

Glauben Sie nun wirklich noch, daß Beatrice Sie nur ausgenutzt, gar kein Gefühl für Sie entwickelt hatte? Wieweit diese Frau nach so vielen Jahrzehnten überhaupt noch Gefühle leben konnte, weiß ich nicht. Aber etwas war da, etwas auf jeden Fall".

Eine Weile saßen sie sich still gegenüber, dann stand die Ärztin auf, ich werde uns etwas zu essen machen. Wenn Sie wollen, bleiben Sie noch etwas. Ja, sie wollte, wollte gerne. Die Frau bereitete ein Omelett, Salat, brachte eine Flasche Wein. Sie setzten sich an den kleinen Tisch in der Küche. Ich heiße Anna, sagte dann die Ärztin, und ich meine, wir könnten uns jetzt duzen, wie es auf allen neuen Galaxien getan wird. Und außerdem kennen wir uns nun doch etwas. Nein, hier weiß nur eine etwas von der anderen. Ich weiß nichts von dir, Anna. Hast du Kinder, wo ist dein Mann, wenn es ihn gibt? Es gibt ihn. Kinder auch, aber sie sind keine Kinder mehr, sie sind seit langem erwachsen, die eine ist verheiratet auf Erdos, die andere lebt auf Deiros. Ja, und diese kleine Wohnung ist für uns alle abwechselnd da, denn jede von uns fährt mal nach Xerxes, zur größten Bibliothek und Mediothek der Galaxis. Die Hotels sind immer überfüllt, deshalb ist ein eigenes Appartement vorteilhaft. Du kannst gern hierbleiben, wenn du möchtest. Anna, wo willst du mich hier unterbringen? Gerade du weißt, was während der Nacht kommen wird. Das Zittern, die Schweißausbrüche und all das, wenn ich mir nicht die Droge besorge. – Ein Lächeln. Meinst du, daß mir das nicht vertraut ist? Versuch es, steh es jetzt durch ohne Droge, nur eine Woche, vielleicht zwei. Ich helfe dir, und ich weiß, was ich damit sage.

Anna, gestern kannten wir uns noch nicht. Ich bin eine Patientin von dir, ein Fall, ein interessanter Fall vielleicht. Warum das jetzt alles. Wo kommst du hin, wenn du jede Patientin so an dich ranläßt? Du gehst daran kaputt.

Eine kleine Pause. Dann sagte Anna sehr leise, ich hatte drei Töchter, zwei hab ich noch, eine hat sich umgebracht. Das ist jetzt Jahre her, aber für mich immer noch wie gestern. Ich hätte es merken müssen, was kam, hätte mich nicht täuschen lassen dürfen. Hätte achtgeben müssen. Was nützt all unsere medizinische Vorsorge, und dann sind sie doch voll psychischer Schäden, wenn sie aus dem Raum zurückkommen, wie damals meine Tochter. Weißt du, wieviele Selbstmorde es gibt? Fast die Hälfte aller Rückkehrer. Wieviele Gleiter absichtlich verunglücken? Das steht nie in der Statistik. Das bekommen wir nicht so mit. Vielleicht dachte ich an meine Tochter, als ich deine Akte in die Hand bekam, dich suchen wollte, mir vorstellen konnte, wie alles bei dir ablaufen würde. Vielleicht hätte ich die Suche nach dir längst aufgegeben, aber dann erinnerte ich mich daran, daß ich damals . . . Die Stimme brach ab.

Später zogen sie schweigend die Doppelliege aus, richteten Bettzeug her, legten sich nebeneinander. Anna sagte, ich werde noch einige medizinische Berichte lesen, magst du Musik hören? Arsis lauschte der Musik, versuchte, nicht an das zu denken, was jede Nacht kam. Wenn es kam, lag jemand an ihrer Seite, würde sie halten, wenn sie in den bodenlosen Abgrund stürzte und schrie. Vielleicht würde es gar nicht so weit kommen. Sie legte ihren Kopf an die fremde Schulter, doch die bewegte sich unter ihr fort, ein Arm zog ihren Kopf näher an einen anderen Körper, dicht an sich. Mit einer leichten Drehung schmiegte sie sich enger an Annas Brust und schloß die Augen. Was jetzt auch kam, es konnte nicht mehr so grauenvoll werden. Sie fühlte Wärme und Weichheit. Die Nässe in ihren Augen sammelte sich, tropfte seitwärts. Ihr Absturz begann, aber jetzt würde sie jemand halten, festhalten.

DAS HEILIGTUM IN WEGA

Eigentlich hätte sie nie die Chance gehabt, nach Wega zu reisen, aber die dafür vorgesehene Pilotin erkrankte plötzlich. Man mußte auf sie zurückgreifen. Sie blieb die Einzige, die dafür infrage kam, trotz Strafversetzung. Der Flug bot nichts Besonderes. Besonders war nur, daß Beobachter der UNO sich an Bord befanden, um sich auf Wega diskret umzusehen. Der Planet wurde sonst total abgeschirmt von jedem All-Tourismus, er stand unter Kultur- und Landschaftsschutz zur Erforschung von Historie und frühen Gesellschaftsformen. Doch neue Kunde war aus diesem streng behüteten Hort zu hören: ein verlassener Tempel erstrahle im neuen Glanz. Eine Gottheit sei offensichtlich zurückgekehrt und habe ihren Stammsitz in Anspruch genommen. So lautete die Auskunft, die die Wega für die Weltpresse bereithielt.

Also, sich diskret integrieren und ohne Mittel der Galaxiszivilisation, das bedeutete, sich zu Fuß in Richtung Heiligtum bewegen. Das Heiligtum war lokalisiert worden, doch Gleiter sollten dort nicht zu nahe niedergehen. Die UNO-Berichterstatter wollten nicht als Fremde aus dem All auftreten, sondern als Pilger, die von weither kamen. Sie, Arsis, sollte die Crew begleiten. Ein Pilotrobot würde den Gleiter zurückziehen und auf Abruf bereitstellen. Das Problem der Sprache wurde schnell gelöst, sie paukten Vokabular und Syntax per Transmitter im Eilverfahren in ihr Sprachwissen ein. Für die kurze Zeit ihres Aufenthalts würde es reichen.

Von Anfang an bezauberte sie die Atmosphäre, das Märchenhafte, das dem ganzen anhing. Landschaften voll Wälder, Quellen, sprudelnde Gewässer, ein wilder Duft nach Kräutern. Nirgendwo zeigte sich, wie zum Beispiel auf Resten der Antiken Welt der alten Erde, die Landschaft durch Zerstörung der Natur verwüstet, tot. Es erwies sich als günstig, daß sie auf dieser 'Pilgerung' dabei war; eine Frau, das bedeutete hier viel mehr Gemeinsamkeit mit den Bewohnern dieses Planeten. Die Frauen auf Wega luden sie in ihre Häuser, boten ihnen Gastfreundschaft an, sprachen als erste die Pilger an. Besonders sie selbst erregte die ungeteilte Aufmerksamkeit und Freundlichkeit der Frauen, ihre Kleidung, ihre Erscheinung, ihre Größe, ihre Stimme, ihr Lächeln, alles.

Ohne Hast und Eile näherte sich die Pilgergruppe dem Heiligtum, das auf einem Berggipfel lag. Eine einfache Tempelanlage, keinesfalls zu vergleichen mit den gewaltigen antiken Tempelanlagen auf Erdos. In den rötlich leuchtenden Felsen des Gipfels, tief im Innern, das Verborgenste, Sitz der Göttin. Vor dem Eingang eine von Säulen gestützte Überdachung. Eine Quelle, in Becken gefaßt, sprudelte. Das Wasser floß durch weitere Becken in Kaskaden bergab.

Von den Frauen erfuhr sie: Es sei eine weibliche Gottheit, vor kurzem zurückgekehrt in ihr Heiligtum, nachdem es Jahrhunderte verlassen dalag. Vor allem kämen Frauen, die Göttin anzurufen, sie um Rat und Beistand zu bitten. Die Göttin zeige sich nur im violetten Licht der beiden Nachttrabanten von Wega.

Es wurde Nacht, sie stieg mit den Frauen langsam den Pfad hinauf.

Der Vorhof des Heiligtums füllte sich mit Menschen. Am Horizont stiegen nun die violett leuchtenden Trabanten des Planeten empor, die Felsen begannen zu schimmern. Tiefe Stille breitete sich aus. Eine Bewegung, die breite Pforte öffnete sich und eine große Gestalt trat heraus, im Leuchten des Lichtes der Trabanten voll sichtbar, eine außergewöhnlich große Frau, voll geschwungene Lippen, mandelförmige tiefdunkle Augen. Das Gesicht einer Statue einer alten irdischen Kultur. Arsis hielt den Atem an, es fuhr ihr wie ein Blitz durch den Körper. Die Frau, die hier vor ihr stand, diese Frau war dieselbe, die sie seinerzeit auf dem Video gesehen hatte, die den Transporter betrat, das letzte Raumschiff nach Fuera. Homunkula, Robota, deren tickendes Herz sie zusammen mit Beatrice aus dem Schutt des Planeten Fuera mit Stahlgreifern gezogen hatte. Und das dann entwendet wurde, verschwunden in einem Gleiter, gesteuert von Beatrice Dantera.

Dies war das Ende ihrer Suche nach den Resten der Robota. Die Personata gab es nicht mehr. Dafür erschien wieder die Gottheit, die sie früher gewesen war, undefinierbar, unfaßbar. Zurückgekehrt an ihren ursprünglichen Platz.

Zurückgebracht von ihrer einstigen Gefährtin.

Nein, sie, Arsis, und ihre Forschung, sie hatten sich geirrt. Kein alchimistisches Weltwunder hatte so etwas erschaffen können. Hier hatte wohl auch ein Raub stattgefunden, vor Jahrhunderten. Raub, bei dieser Göttin? Niemals. Eher eine Art Dienstbefreiung. Eine Informationsreise alle paar Jahrhunderte. Zur eigenen Unterweisung in den fortschreitenden Technologien und Lebensweisen.

Sie hatte sich aus der Reihe der Frauen gelöst, hatte sich abseits auf einem Stein niedergelassen, ihr Gesicht in den Händen verborgen. Die Göttin hatte also ihren Platz gefunden. Wo blieb ihre Gefährtin, wo weilte Beatrice Dantera? Wohin hat sie sich geflüchtet? Außenseiterin in dieser Welt, in diesem Leben, nirgendwo zuhause, in keiner Freundschaft, in keiner Bindung, in keinem Arm, in keiner Wärme, allein. Voll Schrecken fiel ihr auf, das alles paßte auf sie, Arsis, ebenso. Einer undeutbaren Sehnsucht nachjagend, auf der ständigen Suche wie in einem andauernden Wahn. 'Aber kann ich anders, will ich anders? Nein, ich will es so, ich will ihn, diesen Wahn'. Tief holte sie Atem, wollte sich erheben, drehte sich um. Direkt hinter ihr, aus dem Leuchten der Trabanten gewichen, stand sie, die Göttin, sah sie an. Lächelte, fast traurig, mit viel Verständnis in den Augen. Arsis hatte sich erhoben, beide standen sich gegenüber. Und sie spürte dann seltsam weich und unwirklich eine Umarmung, eine Spur von Wärme. Nur einen kurzen Augenblick, dann löste sich die sanfte Berührung auf, und nichts blieb zurück als die dunklen Schatten der Felsen.

In ihr wuchs ein wärmendes Gefühl von Trost, Verständnis, Zuspruch. Bis zum Anbruch des Lichtes lag sie dann auf einem der Felsblöcke, wollte nicht gehen, nicht diese freundschaftliche Nähe verlassen müssen.

Die Gruppe der Frauen hatte schweigend den Tagesanbruch erwartet, sie schloß sich ihnen an, wanderte mit ihnen in ihr Dorf zurück. Die Frauen lächelten sie scheu an, sie hätte bei ihnen bleiben können. Beim Abschied umarmte sie jede, was sie sonst nie tat. Wann würde sie je wieder einen Menschen berühren? Sie ging zurück in ihre eigene Gefangenschaft.

Der Verlust der Expedition nach Fuera wurde von der WESA nach Jahren schweigend verbucht, ihre Forschungsstelle war inzwischen neu besetzt worden. Donat schickte ihr noch immer Fachzeitschriften, er gab die Hoffnung auf ihr Wiedererscheinen in der Forschung nie auf. Sie selbst hatte nunmehr sämtliche Prüfungen in Nautik abgeschlossen. So wurde sie sieben Jahre nach dem Scheitern des Projektes 'Afra' von einem galaktischen Forschungsinstitut als Mitarbeiterin eingestellt.

Da sie Expeditionen in besonders risikoreiche Gebiete der Galaxis übernahm und die Gefahrenzulagen sich auf ihrem Konto häuften, war sie bald in der Lage, ihren eigenen Transporter zu steuern. Aufgrund ihrer profunden Kenntnis auch geheimster Routen in der Galaxis wurde sie zum unberechenbaren Kometen im Weltall, wurde allmählich zur Legende. Sie allein wußte, was sie dazu trieb; die Suche nach Beatrice Dantera.

Wie damals war es Robert, der die Koordinaten fand und herausticken ließ: der Transporter von Beatrice würde sich in zwei Mondjahren auf Quadrat L2 befinden. Doch sie stießen schon vorher auf den Transporter. Im Quadrat L9. Der Radar fixierte plötzlich ein Raumschiff, das unbeweglich im All schwebte, unkontrolliert, kein Anzeichen von Steuerung, von Antrieb. Sie rief den Bordcomputer an, Totenstille. Ihr wurde kalt. Sie versuchte es mit Energiebestrahlung, allmählich kam Leben in den toten Metallstift. Immer wieder pumpte sie Energie hinein, stückweise begann sich dort etwas zu regen, flimmerten die Bildschirme auf. Deutlich erkennbar ein Chaos im anderen Schiff, eine Schrotthalde. Mit dem Monitor suchte sie die Räume ab, Geröll. Aber dort, eine menschliche Gestalt im Raumanzug, war sie tot? Ein weiterer Energieschub, und es zeigte sich, sie lebte. Die Gestalt wandte sich langsam dem Monitor zu. Trüb, mit Flecken im Bild, zeigte sich die Wiedergabe auf ihrem Gerät. Beatrice, kein Zweifel, es zeigte Beatrice, undeutlich, aber unverkennbar. Arsis ließ jetzt ihr eigenes Bild einfließen, ging näher heran. Offensichtlich erkannte Beatrice sie, denn sie hob mühsam die Arme, strich mit den Händen über den Bildschirm des Monitors, flüsterte Arsis' Namen, dann wieder unverständliche Worte. Dazwischen tönte die tonlose, abgehackte Stimme des Bordcomputers: Gehen Sie auf Abstand, auf Abstand, auf Abstand. Wir haben einen Virus an Bord, er killt alle Programme, killt alle Programme, killt alle Programme ...

Arsis schnürte es die Kehle zu, diese tastenden Hände, die den Bildschirm streichelten, diese Hände, nach denen sie sich immer gesehnt hatte. Es rührte sie an in ihrem tiefsten Innern, machte sie schwach, lähmte sie.

Im krassen Gegensatz dazu erwachte in ihrer Computercrew jetzt alle Aktivität. Meldungen, Warnungen, im anderen Schiff sei alle Technik außer Betrieb, die Steuerung aus eigener Kraft unmöglich. Es blieb nur eine Möglichkeit, mit Energieschüben aus ihren eigenen Reserven das andere Schiff zu steuern und abzuschlepschleppen. Der nächste Freihafen befand sich zwei Monde entfernt.

Arsis überlegte. Sie hätte ihre eigene Crew aufs Spiel setzen können, hätte versuchen können, in das Schiff einzusteigen, zu helfen, wußte aber, infolge der zerstörten Automatik ließ sich das Schiff nicht im Weltraum öffnen. So blieb sie während der endlos langen Zeit des Abschleppens über den Monitor gebeugt und sprach zu der leblosen Gestalt, flüsterte Worte, von denen sie zuvor nie gewußt hatte, Zärtlichkeiten, von denen sie nie gewagt hatte zu träumen. Jetzt sprach sie sie aus.

Endlos lang schien ihr das Warten im Freihafen. Endlich kam der Durchruf von der Hafenleitung: die Tür zum Raumschiff könne geöffnet werden. Arsis hatte erreicht, daß ihr allein der Eintritt gewährt wurde. Sie hastete zum Flugfeld. Die Hafenwache gab das Tor frei. Ihr Herz klopfte, daß sie nach Luft rang, klopfte im Kopf, im Hals, in den Fingerspitzen, überall.

Sie stand vor der Gleittür, drückte auf die mechanischen Öffner, die Tür glitt zurück. Sie betrat die Schleuse. Die nächste Gleittür öffnete sich. Hier befand sich die Schaltzentrale. Und da saß sie, Beatrice, der Eintretenden zugewandt. Im trüben Licht der Kabine erschienen ihre Augen nur noch als zwei dunkle Höhlen, kein Schimmer, kein Funkeln, kein Leben in ihnen. Und dann zerfiel die Gestalt vor Arsis' Augen, zerfiel zu Staub, zerflimmerte im Luftzug, der durch die Tür drang, wurde zu einer leichten Wolke, zum Nichts. Totenstille. Stille aus einer anderen Dimension. Nichts konnte sie durchdringen.

War sie einem Phantom durch das Weltall nachgeeilt? All die Jahre einem Wunschbild gefolgt? Nein, diese Frau hatte existiert, sie hatte ihren Körper neben sich gefühlt, hatte ihre Unterweisungen, ihr Wissen aufgesogen. Und doch . . . Wer war sie gewesen? Und was war all das gewesen? War es Liebe gewesen?

Sie war zu müde, jetzt nach einer Antwort zu suchen. Vielleicht würde sie nach Jahren mehr wissen. Vorläufig blieben nur Schmerz, Trauer und innere Leere.

Epilog

Ein Erdenjahr später landete sie zur Berichterstattung auf dem Planeten Rotar II. Sie mochte den Taumel des Lebens auf Rotar, machte dort immer Station, um Material, Filme, Lebensmittel aufzunehmen, in der City unterzutauchen. Sie stieg wie üblich im Hotel Terra X ab und konnte das funkelnde Spektakel der Lichtblitze über Rotar von dessen kleiner Bar aus genießen. Sie saß vor einem Krug Wein, wünschte nichts mehr, als nur diesen kleinen Rest von Frieden in sich zu bewahren. Wie nach langer Krankheit endlich einmal ohne Schmerzen zu leben, wenn auch ohne Inhalt.

Eine Stimme drang in ihre Betäubung, ob es ihr etwas ausmache, wenn sie hier Platz nähme, solange draußen der Lichtertaumel andauere, von hier aus sähe man das am besten. Sie blickte auf, vor ihr stand eine junge Frau, schmal, blaß, mit dunklen lockigen Haaren und nachdenklichen Augen. Sie wies auf den Platz neben sich, die andere setzte sich. 'Möchten Sie ..', Arsis wies auf den Krug Wein und die andere nickte. Sie stießen knapp mit den Gläsern an, tranken und setzten zugleich die Gläser ab. Dann sagte die junge Frau: 'Ich muß es Ihnen gleich sagen, ich habe Sie erwartet, ich warte schon seit Monden auf Sie, habe Sie lange gesucht. Bitte, gehen Sie nicht weg, hören Sie mir nur einen Augenblick zu, bitte. Ich bin Historikerin und arbeite auf dem Gebiet der Geschichte der Erschließung der Galaxien. Vor kurzem sah ich den Videofilm der Expedition nach Fuera, in dem eine Person, Hauptobjekt meiner Forschung, auftritt, seinerzeit steuerte sie als Kommandantin das Schiff und ich möchte Sie fragen, ob ...'

GAIA

Was sie wieder zu sich brachte, war ein reißender, alles betäubender Schmerz überall, nein, vorn im Kopf, der ihren Schädel durchbohrte, über ihr zusammenschlug. Sie wollte die Augen öffnen, ein Blitz aus grellem Licht brach über sie herein. Es genügte nicht, die Augen zu schließen, sie mußte sich umdrehen, den Kopf in die Erde pressen. Schutz, nur Schutz vor allem. Sie tastete mit der Hand ihre Stirn entlang. Das war es also, der Stein war herausgerissen worden, ihr Auge. Nun war da eine feuchte Höhle, eine Wunde, direkt in der Stirn. Wieder drückte sie ihr Gesicht an die kühlende Erde. Jetzt erst hörte sie die Vogelstimmen, das Zirpen von Grillen, ein ständiges Summen in der Luft. Sie fühlte Wärme, ahnte Helligkeit, das mußte die Sonne sein. Sie würde also ihre Augen nicht benutzen können. Ihre Augen, groß wie die eines Nachttieres, würden die Helligkeit nicht ertragen. Warten, bis die Nacht anbräche? Liegenbleiben, bis der Tod einträte? Was konnte sie tun? Eine Bewegung über ihr, etwas schnupperte an ihrem Körper. Sie zischte wie eine Schlange, und das Etwas verschwand. Sie mußte sich erheben, weg von hier, irgendwohin, wo es dunkel war! Doch zuvor mußte sie die offene Wunde in ihrer Stirn bedecken, sonst würde sie nur schreien können. Mit ihren Händen tastete sie ihren Körper ab, was trug sie an sich? Da war ein Gewand aus festem Stoff, und da war ein Gürtel zum Zusammenhalten des Gewandes, mit einer festen Schnalle, sonst nichts. Der Gürtel! Gras, Blätter, was sie greifen konnte, sie ballte es zusammen, stopfte es in das Loch in der Stirn. Schlang dann den Gürtel um den Kopf, knotete ihn zusammen und konnte erstmals den Kopf heben.

Grelles Licht nur nahmen ihre Augen wahr. Mit den Händen den Weg tastend kroch sie vorwärts. Und dann gab der Boden unter ihr nach, Zweige brachen, sie fiel. Kurz, aber tief. Ein harter Boden empfing sie. Vorsichtig öffnete sie die Augen. In einem Loch, in einer Grube, in einer Falle für Tiere saß sie. Sie schloß die Augen, wartete auf den oder die Erbauer der Grube.

Ein Schrei weckte sie, Zweige und Äste wurden weggerissen. Schatten von Köpfen über ihr, die in die Grube spähten. Sie richtete sich auf. Stille oben, dann drang Stimmengewirr zu ihr hinunter. Gestalten hangelten sich an Ranken herab und blitzschnell wurde sie gefesselt und hochgezogen. Wie ein Tier an Stangen gebunden, trug man sie im Laufschritt fort. Schrille Rufe weiterer Stimmen, offenbar erreichte man ein Dorf. Jemand schnitt ihre Fesseln durch, sie fiel, blieb liegen, die Augen fest geschlossen.

Nachts, in der Dunkelheit, konnte sie endlich ihre Augen öffnen und wahrnehmen: einige Hütten, Zäune. Hinter einem Zaun ein Lebewesen, klein, zusammengekauert, das sie beobachtete. Sie löste den Gürtel vom Kopf. Nur etwas tun gegen diese Schmerzen, nur etwas Kühlung! Aber da gab es nichts, kein Wasser, nicht einmal genug Speichel ihres Mundes, den sie hätte mit der Hand verreiben können. Ein Wunsch in ihr verdichtete sich, flog als Hilferuf dem kleinen Lebewesen dort drüben entgegen, hilf mir, hilf mir, komm doch näher. Ein Rascheln, es näherte sich. Sie verharrte regungslos, nur nicht stören. Es soll mich in aller Ruhe betrachten, soll sehen, daß ich hilflos und keine Gefahr bin. Sie verdichtete ihren lautlosen Ruf. Eine Weile geschah nichts, dann verspürte sie die Wärme eines Körpers, warmen Atem an ihrem Gesicht und eine feuchte kleine Zunge, die erst zaghaft, dann fester ihre Stirnwunde leckte. Erleichterung, Freude trieben ihr Tränen in die Augen. Ein Kind war es, das sich ihr genähert hatte, ein kleines Mädchen voll Neugier und Freundlichkeit.

Tage und Nächte vergingen. Tage, die sie mit geschlossenen Augen unter ihrem Umhang verbrachte. Nächte, in denen sie ihre Augen weit öffnete. Diese Menschen hier verhielten sich fast wie Tiere, aßen Würmer, Schnecken, rohes Fleisch. Kannten sie denn kein Feuer? Das Kind kam jede Nacht zu ihr, säuberte ihr Gesicht, ihre Stirnwunde mit der Zunge. Sie lächelte ihm zu, öffnete weit ihre Augen und genoß es, wenn das Kind ihren Blick erwiderte. Eines Nachts blieb es bei ihr, schmiegte sich an sie und schlief neben ihr ein.

Dann kam der Tag – da roch sie Veränderung, andere Lebewesen, ein Flackern in ihrer Stirnhöhle zeigte sie an. Schreiend, Fackeln schwingend brachen sie in das Dorf ein. Unter ihrem Umhang verborgen hörte sie, wie die Bewohner des Dorfes erschlagen wurden. Die Sieger steckten das Dorf in Brand, sie vernahm das Knistern der Flammen, spürte den Gluthauch. Dann blieb es still. Das Kind kam nicht wieder.

Tage, Nächte vergingen. Die Hitze lag wie eine Glocke über dem Schuttplatz, der einmal ein Dorf war. Da näherten sich Stimmen, menschliche Stimmen. Zu schwach sich zu bewegen, lag sie unter ihrem Umhang. Jemand fand ihren angeknoteten Strick, zog daran, folgte mit tastender Hand. Ihr Umhang wurde fortgezogen, Helligkeit brach herein. Ein Ruf und Schritte, Stimmen von allen Seiten. Hände folgten, die sie ausgruben, die sie hochhoben, in einen Korb betteten. In diesem Korb verbrachte sie Tage und Nächte in gleichförmiger Bewegung, im schaukelnden Gang des Tieres, das sie trug. Jemand hob ihren Kopf, bot ihr einen Becher Wasser an, doch sie konnte nichts aufnehmen, ihre Zunge war verdorrt, ihre Kehle verschlossen. Einmal hörte das Schaukeln auf. Hände hoben sie aus dem Korb, setzten sie ab, wuschen sie. Wasser kühlte ihre Stirn und die Wunde, brachte eine Spur von Erleichterung. Sie sank in die Dunkelheit zurück.

Danach

Sie träumte, sie sei ein Kind, sehr klein noch und läge in den Armen, in der Wärme eines großen weichen Körpers. Fühlte die samtige Wölbung einer Brust, schmiegte ihr Gesicht in diese sanfte Rundung, suchte mit trockenen Lippen nach der Quelle des Lebens, konnte nicht, war zu schwach. Eine warme große Hand hob sie an, sie spürte volle Lippen auf ihrem ausgedörrten Mund. Behutsam brachten diese Lippen immer wieder Feuchtigkeit, bis ihr Mund, ihre Zunge, ihre Kehle wieder aufnehmen konnten und sie endlich, endlich trank.

Eine ganze Kindheit lang lag sie so und trank.

Sie wachte auf, öffnete vorsichtig die Augen. Ein riesiges Gewölbe erhob sich über ihr, ein gewaltiger Raum, doch offensichtlich dunkel wie die Nacht, denn sie konnte ihre Nachtaugen ohne Schmerz öffnen, erstmals wieder weit öffnen. Sie sah: sie lag auf einem erhöhten, breiten Lager, einer weitflächigen Ruhelandschaft, mit Fellen und Leintüchern belegt. Gegenüber ein Sitz, in Stein gehauen, und daneben, wie von Riesen dorthin gesetzt, eine Platte. War das ein Tempel? Wenn ja, wozu dann eine solche Liegefläche? Irgendwo tropfte es monoton. Ein Geräusch, Stimmen kamen näher, Stimmen von Frauen, eine darunter, die ihr vertraut schien. Der Schein von Fackeln erhellte erst den Gang, dann den Raum. Sofort hatte sie ihre Augen wieder halb geschlossen. Sie sah ... das konnte nicht sein, das konnte es nicht geben, sie sah ...

Göttin aus der Urzeit, Mutter der Erde, ...

alles gebärender Schoß der Erde .....?

Unsinn.

Nein, kein Unsinn, keine Phantasiegestalt. Dort stand SIE, groß, gigantisch. Sie sprach mit den anderen Frauen, die sich von ihr verabschiedeten und gingen. Eine Fackel in der Hand trat die Riesin an ihr Lager, steckte die Fackel in eine Halterung, ließ sich behutsam neben ihr nieder und sah sie an, sah sie lange prüfend an. Hob dann die Hand und strich ihr mit den Fingerspitzen zart über Haar, Gesicht und Hals. Sie ergriff diese Hand, schmiegte ihr Gesicht in die warme Höhle, berührte mit den Lippen die weiche Innenfläche, küßte zart die Wölbung. Die Hand bewegte sich nicht fort, blieb, und sie schlief wieder ein.

Als sie erneut erwachte, befand sie sich in einem anderen Raum. Helles Tageslicht kam durch ein geöffnetes Tor und der Geruch von Laub und Kräutern drang herein. Sie wollte sich aufrichten und sah eine Frau auf sich zukommen, die sie sanft auf ihr Lager zurückschob. Die Frau war groß, schlank, noch sehr jung und von dunkler Hautfarbe. So anders sie auch infolge der dunklen Hauttönung wirkte, da bestand eine Ähnlichkeit mit der gigantischen Göttin aus ihrem Traum. Die Augen, die Lippen, das Lächeln, es gab da etwas Gemeinsames.

Die Frau hielt ihr einen Becher mit Wasser an die Lippen, knetete in einer Schüssel kleine Bällchen aus einer Körnermasse, die sie ihr in den Mund schob. Sie deutete auf die Schüssel und sagte ein Wort, wiederholte es immer wieder. Die Sprache, das war es, sie sollte die Sprache erlernen. Das war der Beginn ihrer gemeinsamen Sprachübungen, und sie lernte rasch.

Omar, so lautete der Name dieser jungen Frau, wurde ihre Lehrerin, ihre Leiterin, ihre Ratgeberin, sie gab unermüdlich Auskunft. So erfuhr sie bald: hier existierte ein Gemeinwesen von Frauen, mit einem Tempel als Zentrum, dem Heiligtum der Großen Göttin. Die Bevölkerung der Umgebung, vor allem Frauen, brachten der Göttin Gaben und erhielten dafür Kräuter, Heilmittel, fruchtbarkeitsfördernde und -verhindernde Tränke. In den Anlagen des Tempels gab es Grotten, natürliche Steinbecken, gefüllt mit warmem Wasser. Es kam aus der Tiefe des Berges und sei, so hieß es, ein Geschenk der Großen Göttin an ihre Kinder, es heile Krankheiten und Wunden.

Die Tage wurden heller und länger. Sie entdeckte, daß etwas Besonderes bevorstand. Gruppen von Menschen versammelten sich um den Tempel, Zelte wurden errichtet, ganze Dörfer wuchsen aus dem Boden. Eines Abends hörte sie Trommeln, sie dröhnten die ganze Nacht bis zum hellen Morgen und die nächste Nacht bis zum Aufgehen des vollen Mondes. So leuchtend hatte sie noch keine Nacht erlebt. Der Vorplatz des Tempels wurde geöffnet. Die Menschenmenge strömte hinein. Vor den Stufen zum großen Portal formten gefällte Bäume einen freien Platz, eine Bühne, eine Arena, eine Kampfstätte.

Der Vollmond erhellte den Platz, die Trommeln dröhnten dumpf. Drei Stiere, nein, Menschen mit Stiermasken betraten die Kampfstätte, begannen, sich langsam zu drehen, wurden schneller, umkreisten sich. Offensichtlich versuchte eine Stiergestalt, die andere aus einem vorbestimmten Kreis zu drängen. Nein, jeder versuchte, den anderen aus dem Kreis zu drängen, alles im Rhythmus der Trommeln. Lange dauerte es, dann taumelte einer aus dem Kreis, brach zusammen. Jetzt standen sich nur zwei Kämpfer gegenüber. Die Trommeln schwiegen. Kein Rhythmus, kein Takt galt mehr, nun wurde ohne Regeln gekämpft. Die Körper dampften. Das Licht veränderte sich und die Sonne ging auf. Erst als die Sonne im Mittag stand, fiel einer der Stiermenschen. Und blieb liegen.

Wieder wurde es Nacht. Der volle Mond leuchtete. Hörner dröhnten, dann öffnete sich das große Portal des Tempels. Dahinter, weithin sichtbar, stand ein weitflächiges Podest, mit Fellen und Tüchern belegt. Auf diesem breiten Lager lag sie, die große Göttin, die Riesin aus ihrem Traum.

„Fest des längsten Tages, Fest des Lichtes, Fest der Vermählung des Stieres mit der Göttin". Aja, Tempelfrau, Tochter der Gaia, erklärte ihr Sinn und Verlauf des Festes. „Bei der Vermählung sollen alle Zeugen sein, sollen mit Augen, Ohren, mit allen Sinnen teilhaben. Als Tochter der Göttin bleibe ich in ihrer Nähe. Komm mit, bei dir wird niemand Einwände vorbringen, giltst du doch fast auch als ihre Tochter". „Ich, Aja, warum ich?" „Du warst doch lang genug bei ihr, sie hat dich aufgenommen, hat dich ernährt". Mich aufgenommen, mich ernährt, dann war es also kein Traum gewesen?

Die Göttin und ihr Stiermensch lagen jetzt zusammen auf dem breiten Lager. Der Sieger nahm die Stiermaske ab, zeigte sein menschliches Gesicht. Gaia öffnete ihren Umhang, das Liebesspiel begann.

Sie stand an einen Pfeiler gelehnt, wenige Schritte vom Lager entfernt, sah das heftig werdende Spiel, hatte ihre Augen nicht lösen können, hatte mit allen Sinnen mitgefühlt, spürte ihre eigene Nässe am Leibe. Aja lächelte, sagte: „Du kannst, wenn du magst, hinausgehen. Such dir einen Gefährten, du wirst begehrt sein, so fremd und eigenartig, wie du aussiehst. Trink etwas Rasik, das berauscht angenehm". Sie trank, zögerte, verspürte nicht den Wunsch hinauszugehen, wollte lieber bleiben. „Nun gut", meinte Aja, „bleib hier an meiner Stelle. Achte darauf, ob Gaia etwas braucht". Aja verschwand.

Sie fühlte sich nun doch zu befangen, wollte fortgehen. Ihr Körper gehorchte nicht. Ihr Blick haftete auf dem Geschehen. Wie gern wollte sie selbst berühren, streicheln. Diesen Kindheitstraum, der zu Beginn ihres Bewußtseins schwebte, wie sehr wünschte sie, ihn zu erleben. 'Sehr klein, ein Kind noch, lag sie an einer Brust, an diesen Brüsten . . .' Hatte der Traum wirklich stattgefunden? Das Gesicht, die Brüste, die Hände, alles so vertraut! War das einmal Wirklichkeit gewesen? Was hatte Aja gesagt, „sie hat dich aufgenommen, hat dich ernährt". Das war es! Jetzt ging ihr

Wunsch weiter, jetzt wollte sie selbsthandelnd erleben, verspürte den heftigen Wunsch, diese Frau, Göttin, was immer sie sein mag, selbst gebend zu berühren.

Braucht eine Göttin jemals Hilfe? Wenn es doch nur einmal so wäre? Sie stellte sich vor, sie würde an Gaias Seite niederknien, würde ihr Gesicht sacht berühren, würde ihren Kopf an sich ziehen, ihr zu trinken geben, ihre Stirn trocknen. Welch ein Unsinn, verrückt war sie, hier zu bleiben. Gaia brauchte sie nicht, sie war umgeben von ihren Frauen, Töchtern.

Es kam der Augenblick, wo Gaias Hand nach einem leeren Becher griff. Rasch glitt sie an ihre Seite, füllte nach und wollte sich unbemerkt wieder entfernen. Doch schon hatte Gaia ihren Arm ergriffen, wandte sich ihr zu. Sie sah das vertraute Gesicht dicht vor sich, wünschte, es mit den Fingerspitzen zu berühren. Gaias Augen blickten sie forschend an. Ahnte sie ..? Nein, sie wollte nichts von ihrer Sehnsucht verraten, senkte den Kopf, um dem fragenden Blick zu entgehen und schmiegte ihr Gesicht an die warme Hand, die ihren Arm umfaßte. Gaias Stimme dicht an ihrem Ohr: „Wenn hier alles vorbei ist, komm zur großen Quelle. Bevor ich nach unten gehe, bleibe ich dort eine Weile“. Die Hand löste sich von ihrem Arm, strich ihr leicht über das Haar. „Nun geh und komm später dorthin“.

Sie hatte sich aus dem Vorhof entfernt, auf einer Stufe niedergesetzt, den Kopf gesenkt. Wer, um der Göttin Willen, konnte ihr Auskunft geben, wo sie die große Quelle fände? Eine Berührung an ihrer Schulter, eine Frau aus dem Gefolge der Gaia stand vor ihr, sagte leise, warte, bis ich dich abhole, ich werde dich führen. Stunden später folgte sie der Frau durch Gänge, über Stufen hinab und immer weiter hinab. Vor ihr öffnete sich eine Grotte, ein breitflächiges Steinbecken. Fackeln spiegelten sich im Wasser. Die Frau verschwand lautlos.

Ihr Herz klopfte im Halse. Sie hörte ein Plätschern, bemerkte eine Bewegung im Wasser. Leicht, wendig, schwerelos glitt dort Gaia wie ein Geschöpf des Ozeans durch das Wasser, erblickte sie und hob die Hand mit einladender Geste. Sie schwamm auf die große Gestalt zu, die ihr die Hand entgegenstreckte, sie zu sich heranzog, mühelos in ihren Armen emporhob und weit hinaus in die glitzernde Fläche watete, sich dann auf den Rücken gleiten ließ und sie auf sich ruhend hielt, auf einer weichen Insel. Sie hatte ihr Gesicht in die Mulde zwischen den Brüsten gelegt und begann, die dort verweilenden Tropfen mit ihren Lippen aufzusaugen, jeden neuen Tropfen mit ihrer Zunge aufzufangen. Sie wünschte heftig, jede kleinste Stelle dieses riesigen Körpers mit ihrem Mund zu berühren, tastete weiter mit ihren Lippen, mit ihrer Zungenspitze. Ließ sich auf ihrer warmen Insel tiefer gleiten, drückte ihr Gesicht in die sanfte Schwellung des Leibes und schlürfte die kleine Wasserlache in der Senke des Nabels. Gaia hatte sie jäh mit beiden Armen eng umschlungen und fest an sich gedrückt. Nur einen Augenblick, dann gaben die Arme sie wieder frei, um ihre leichten Schwimmbewegungen fortzusetzen. Mitgezogen durch diese Bewegungen hielt sie sich an den riesigen Schenkeln, schmiegte ihren Kopf an den Flaum des Hügels, streichelte die starken Stützen, ihren Halt. Diese glitten auseinander und sie drückte ihre Brüste in die warme Mitte, die ihr entgegenkam.

Eine Weile noch schwammen sie aneinandergeschmiegt. Wurden Gaias Bewegungen langsamer? Eine wachsende Müdigkeit schien über sie hereinzubrechen. Sie schwamm, langsamer werdend, zum Rand des Beckens, stieg müde die Stufen empor und ließ sich auf ihrem Umhang nieder, ließ sich fallen. Sie war an Gaias Seite geblieben, beugte sich nun über sie. Ein tröstendes, entschuldigendes Lächeln erhielt sie, Gaias Augen schlossen sich. Vorsichtig tupfte sie mit ihrem Tuch Wassertropfen von den Wangen, umhüllte den Körper mit ihrem Umhang, lauschte den Atemzügen.

Sie schob behutsam ihren Arm unter Gaias Nacken und bettete den Kopf an ihre Schulter, genoß die Atemzüge, die Schwere und Wärme des Körpers, den Duft der Haare. Jetzt sollte die Zeit stillstehen, für immer stehenbleiben.

Ein Schatten tauchte neben ihr auf. „Omar, was tust du hier, bist du schon lange da?" Omars Flüstern: „Ich bin immer hier, warte auf sie, achte auf sie. Ich kenne die Nachwirkungen dieses Festes. Zuerst wird sie mit Rasik getränkt, denn wie sonst wohl könnte sie einen Unbekannten lieben, empfangen, als in einem Rauschzustand. Später muß sie allein mit den Folgen fertigwerden".

Omar nahm etwas Öl aus einem Kännchen und rieb Gaia behutsam damit ein, erklärte ihr mit leiser Stimme: „Sie braucht es, das ist ihr Schutz dort unten, sonst geht sie verloren. Es gibt da etwas, was niemand außer ihr kennt. Aber der Geruch dieses Öls, das alle ihre Töchter verwenden, wird sie an uns erinnern, wird an ihr haften in dieser zeitlosen Dunkelheit". Jetzt wurde ihr, der Fremden, jetzt wurde ihr erst klar, was geschehen würde. Gaia würde hinabgehen, verschwinden, allein sein. Sie schüttelte Omar, flüsterte: „Das könnt ihr doch nicht zulassen. So behaltet sie doch hier. Das ist doch unmenschlich". Omar entgegnete leise: „Das ist es doch, SIE ist die Göttin, sie muß hinunter, das ist Gesetz. Heben wir das Gesetz auf, geben wir unser Gemeinwesen auf". Es dauerte nicht lange, dann hörten sie in den steinernen Gängen Schritte näherkommen. Omar zog sie hastig von der schlafenden Gaia fort, hoch und mit sich, schob sie vor sich her, aus der Grotte heraus, ließ sie nicht los, bis sie das Tageslicht erreichten.

Die folgenden Tage und Nächte lebte sie in einer Art Betäubung, ohne Schlaf. Wo immer sie stand oder lag, spürte sie die vergangenen Berührungen auf ihrer Haut, in ihrem ganzen Körper. Wo sie stand, saß oder lag, hielt sie es nicht lange aus, etwas zwang sie, sich ständig in Bewegung zu halten. Sehnsucht wonach?

Sie verließ die Tempelanlage, stieg die Hügel empor bis hinaus zum zerklüfteten Lavagestein. Die Kräuter dufteten. Gleichmäßig, in einem hohen, sirrenden Ton zirpten die Zikaden. Über allem lag Wärme wie eine dichte Haube.

Sie warf sich auf die Erde, drückte ihr Gesicht in den weichen Boden, sog den Duft ein, den Duft nach Erde. Wonach noch? An was erinnerte sie der Duft?

Der warme Boden unter ihr gab förmlich nach, ein eigenständiger großer weicher Körper, erweckte wieder ihre unbestimmte Sehnsucht. Sie drückte sich noch enger an diese Wärme, an dieses Lebewesen Erde, bewegte sich erst langsam, dann schneller zu einem stetigen Rhythmus, einem Schwingen, stärker, drängender. Die Erde formte sich nach ihrem Wunsch, wurde weich und gab doch Widerstand, sie raste einem Drang entgegen, seit ihre Erinnerung lebte, hatte sie nichts derartiges erlebt. Endlich schien es ihr, als tauche sie in einen warmen riesigen Körper, sie schrie auf, Nässe rann aus ihrem Schoß, Tränen aus ihren Augen. Sie schmiegte sich an die Erde und schlief ein.

Es war tiefe Nacht, als sie erwachte. Der Duft der Kräuter hatte sich verstärkt. Eine Bewegung an ihrem Arm, an ihrer Hüfte. Sie zuckte zusammen, öffnete die Augen und sah in zwei schimmernde Lichter. Eine kleine Echse drängte sich an sie, ihr Zünglein glitt unter ihre Achsel, dann zur Wange, leckte das Salz der Tränen in einer zarten Liebkosung. Es war der Geruch des Tierchens, der ihr auffiel, das war IHR Geruch, aus der Tiefe der Erde kam er. War diese Echse von ihr geschickt worden, bedeutete es einen Hinweis, ein Zeichen? Ja, als solches wollte sie es ansehen. Sie mußte Gaia in der Tiefe suchen und selbst zu ihr hinuntersteigen. Der Weg durch die Große Pforte war versperrt. Würde sie einen anderen Weg finden? Ja, das würde sie, es mußte einen anderen Weg geben.

Omar erriet ihr Vorhaben: „Laß es, um der Göttin Willen, ein Eindringen wird mit dem Tode bestraft. Viele haben es schon versucht, ihre Knochen lagen später ausgespuckt vor den Höhlen. Alma hat die Höhlen zumauern lassen, als sich das zu oft ereignete. Da unten ist etwas, das dich verbrennt, nur verbrannte Knochen bleiben übrig". Sie konnte darüber nur lächeln, verbrannte sie doch hier oben.

Omar war es, die ihr dann half. Omar, Rebellin im Untergrund des Tempelwesens. Was hatte ihr Omar zugeflüstert: „Das System bricht zusammen. Wir müssen uns anpassen an das, was draußen, in der Welt, vor sich geht. Die Zeiten ändern sich. Macht beruht nicht mehr auf Weisheit, auf Güte. Macht beruht nun auf Herrschaft, und diese Herrschaft entspringt nicht mehr geistiger Stärke, sondern geballter Kraft und die erhält der, der sich das neue Metall aneignet. Sie haben draußen ein Metall erfunden, das jedem Stein überlegen ist. Damit können sie alles zerstören, und jeder wird Herr der Welt, der dieses Metall besitzt. Die weibliche Macht, die Stärke unserer Göttin, sie hat sich nie auf körperliche Kraft gegründet, sondern auf Weisheit und Liebe. Jetzt dreht sich alles ins Gegenteil. Kampf wird Lust, nicht einmal mehr Zweck allein. Lust am Töten, kannst du dir das vorstellen? Draußen wünschen sie eine Welt der Helden, sagen sie. Werden es auch Heldinnen sein müssen? Zu vieles ändert sich, und nicht zu unseren Gunsten. Es gibt da plötzlich neue Altäre, sie stehen am Rande der Wüste, für eine männliche Gottheit. Sie nennen ihn EL und bauen ihm schon einen Tempel".

Omar war es, die mit ihr zu den zugemauerten Höhlen stieg. Die sie mit demselben Öl einrieb, mit dem sie in der Grotte Gaia gesalbt hatte. Die ihr einen schmalen Spalt zeigte, einen Eingang, der seinerzeit nicht zugemauert wurde, da er zu klein für einen menschlichen Körper schien. Sie tastete sich hinein, kletterte vorsichtig ins Dunkel. Ihre Nachtaugen erweiterten sich, sogen jeden

Funken Helligkeit auf und verdoppelten ihn. Aus welcher Welt auch immer sie stammte, hier im Dunkeln fühlte sie sich zuhause.

Einen zögernden Augenblick lang hatte sie sich nicht richtig festgehalten. Der Absturz mußte kommen. Ein endloser Fall in einen schwarzen Abgrund. Wie lange fällt ein Mensch? Wie tief ist ein Abgrund? Wie schnell vergeht ein Gedanke, ein Bedauern?

Der Schock wurde noch größer: kein Aufschlag zersplitterte sie. Entgegen ihrer Erwartung fiel sie in eine unendliche Weichheit und Wärme. Das, worauf sie gefallen war, schien lebendig, befand sich in einer stetigen, leicht schaukelnden Bewegung, begleitet von einem regelmäßigen Laut: dem rhythmischen Pochen eines Herzschlags, stark und gleichmäßig. Auf den Knien rutschend versuchte sie, dieses Etwas zu ertasten. Kein Ende, gleichbleibende Weichheit und Wärme und das Pochen eines Herzens, das nicht das ihre war. Sie tastete sich weiter, endlos. Eine bleierne Müdigkeit überkam sie, wann hatte sie zuletzt geschlafen? Sie rollte sich zusammen, zog ihren Umhang über sich und schlief ein. Eine Bewegung weckte sie. Die unendliche, weiche Masse bewegte sich, wie Ebbe und Flut, wie sanfte Wellen glitt es unter ihr. Der Herzschlag hatte sich verstärkt, begann zu dröhnen. Sie spürte, wie diese Masse in eine Richtung drängte, die Bewegungen stärker wurden. Das Dröhnen schwoll an. Furcht schnürte ihr die Kehle zu. Sie stand auf, ergriff ihren Umhang und begann zu laufen. Lief und lief.

Ganz unerwartet prallte sie gegen einen anderen Körper. In der tiefen Dunkelheit konnte sie nichts erkennen, fühlte aber gleich einen eisernen Griff an den Schultern. Jemand rüttelte sie voller Zorn: „Wie ist denn so etwas möglich? Wie kommst du hierher? Was hast du hier zu suchen? Dies ist eine Welt, in die du nicht gehörst. Dies ist ein Abgrund, der dich nicht mehr losläßt. Jetzt lauf um dein Leben!“ Eine kräftige Hand griff die ihre, riß sie hoch und zerrte sie hinter sich her. Das Dröhnen füllte jetzt den Raum, Ebbe und Flut rollten stärker heran. Die Hand ließ sie nicht los. Der Körper vor ihr sprang, riß sie ins Leere, fand einen festen Boden, packte sie mit beiden Händen, hob sie wie eine Feder hoch, warf sie in einen Gang hinein und folgte behend wie eine Schlange nach.

Licht blendete sie. Mit beiden Händen bedeckte sie ihre Augen, ließ die Helligkeit durch die gespreizten Finger einsickern, bis ihre Augen sich an das Licht gewöhnten. Was sie sah, war eine ihr vertraute Umgebung. Sie erkannte das Lager, den Tisch, die Bank aus Stein, die Halle und dic Frau, die sie mitgerissen hatte. SIE, Gaia, sprühend vor Zorn. Das war nicht mehr das weibliche Wesen, die Göttin, die sie bisher gekannt hatte. Dies hier war eine Schlange, ein schnelles Reptil, mit ungeheuren körperlichen Kräften und schillernden, phosphorisierten Augen.

Sie fixierten einander. „Ich frage mich, aus welcher Welt du wirklich kommst. Wie ist es möglich, daß für dich keinerlei Tabus existieren? Wen hab ich da genährt und getränkt? Wie kommt es, daß du immer wieder auf meinem Wege stehst? Wo ich hinkomme, wohin ich schaue, wo ich liege, liebe, schlafe, immer wieder du! Jetzt sogar hier. Aus meinem Schoß bist du nicht. Aber du hast einen Körper. Wer hat dich hervorgebracht? Ich will es wissen. Bei unserer Göttin, ich werde dich zerlegen, auseinandernehmen, um endlich zu erfahren, wer du bist!“

Ein seltsames, ungekanntes Gefühl brach in ihr auf, tief aus ihr heraus, der Wunsch, der Schrei: „Töte mich, ja, töte mich. Von dir, nur von dir, will ich das! Verschling mich, iß mich, tu es! Dann bin ich endlich in dir!“ Die starke Hand der Göttin ergriff sie, riß sie hoch, näher an ihre zornsprühenden Augen, mit der anderen Hand löste sie den Gürtel, die Schnalle, die ihre Wunde in der Stirn bedeckte. Wie ein Schrei sprang der Schmerz sie an. Ein Kurzschluß raste durch den Kopf. Schmerz, nichts als Schmerz.

Aus einer angenehmen Dunkelheit tauchte sie langsam auf. Kein Schmerz mehr, der in ihrem Kopf stach. Sie fühlte, daß ihre Stirn mit einem kühlenden, feuchten Tuch bedeckt war, spürte an ihrer Seite die Wärme eines Körpers.

Sie öffnete ihre Augen. SIE, Gaia, saß neben ihr, sah anscheinend schon lange auf sie herab, ihr Gesicht schien müde und traurig. „Glaubst du denn wirklich, ich hätte dich töten können? Nachdem ich dich doch schon einmal dem Leben zurückgegeben habe? Ich habe versucht, in deine Erinnerung einzutauchen. Da ist nichts, gar nichts. Dein Leben beginnt mit Schmerz und Helligkeit, einer grellen Helligkeit am Rande einer Wüste. Ich habe alles nachvollzogen, alles, was bis jetzt mit dir geschah". Nachdenklich schaute sie lange auf sie nieder und sagte nichts. Dann fuhr sie fort und ihre Stimme wurde lebhafter und wärmer: „Deinen Gürtel, ich habe ihn weggelegt, er tut dir nicht gut. Deine Stirnhöhle habe ich gesäubert. Eine andere Schutzhülle schien mir besser als die schwere Schnalle." Wieder schwieg sie eine Weile, die eine unbeantwortete Frage zwischen ihnen wachsen ließ. „Du hältst mich für eine Göttin? Nein, das bin ich nicht, ich bin das Abbild, die Verkörperung der Großen Mutter, aber ich bin nicht sie. Jeder Mensch will das sehen können, an das er glaubt, deshalb bin ich da, sichtbar. Ich bin eine Frau, sterblich wie alle Menschen. Sicher, ich lebe bereits länger als die Menschen meiner Welt oben. Manchmal fühle ich, daß die Göttin selbst mich besetzt, und dann, nur dann bin ich unsterblich. Meine äußere Hülle zögert deshalb auch zu altern, aber ich werde alt. Sieh her".

Mit ihrer Hand strich sie behutsam über das über sie gebeugte Gesicht. Streichelte zart mit den Fingerspitzen die Fältchen um Augen, Stirn und Mund. Die Einsamkeit um diese Frau war so greifbar. Sie wagte es, hielt dem Blick der anderen stand. Streichelte weiter mit ihren Fingerspitzen. Und ebenso behutsam, ohne die Blicke voneinander zu lösen, streckte sich die andere neben ihr aus, legte die Wange an die ihre. Beide schlossen sie die Augen, sie lagen nebeneinander, eng aneinander, fast zu nahe.

Wieviel Zeit verstrich, konnte sie nicht feststellen. Hier unten galt Zeit als solche nicht, gab es sie nicht, nicht Tag, nicht Nacht. Aber es gab eine Frau an ihrer Seite. Göttin, Besessene oder Gefangene der Großen Schlange?

Eine Frau, nicht eine Göttin, an ihrer Seite sorgte sich um sie: „Ich kann dich nicht ewig hier lassen. Du würdest verhungern. Die Zeiten sind vorbei, wo die Frauen draußen an den Steinen Opfergaben niederlegten, wo sie nach mir riefen, mich um Hilfe baten, und ich erfuhr, was draußen vor sich ging. Ich weiß nicht, warum das alles zu Ende geht. Weil die Höhlen zugemauert wurden? Ich könnte die Mauern niederreißen lassen. Nein, das ist es nicht. Draußen, oben verändert sich etwas. Das Leben, Denken, Handeln hat sich gewandelt. Ich aber bin hier unten, bleibe hier unten. Ich bin das Abbild der Großen Göttin, sie wartet und ich komme zu ihr wie alle meine Vorgängerinnen. Irgendwann bleiben wir alle unten bei ihr. Aber noch komme ich immer wieder hierher zurück. Wenn sie mich jedoch rufen sollte, wenn ich wegginge, das hieltest du nicht aus, das stündest du nicht durch, völlig allein. Wie lange ich dort unten bleibe, weiß ich nicht, es gibt keine Zeit, wie du sie kennst. Also wirst du glauben, du bist allein für immer und für alle Ewigkeit. Das könntest du nicht durchhalten. Du mußt bald zurück nach oben“.

Einmal geschah etwas. Beide waren sie auf dem Lager eingeschlafen, da wachte sie jäh auf. Es wurde warm, wärmer in der sonst kühlen Steinkammer. Die Wärme stieg an, kam dicht an sie heran wie ein warmer Atem. Feucht-warmer Dunst füllt die Kammer. Dann hörte sie es: das Pochen eines Herzschlags und ein vorsichtiges Einatmen, Innehalten, Ausatmen, immer näher. Gaia, neben ihr, merkte es offensichtlich auch, ihre Augen waren weit geöffnet und strahlten phosphoreszierend in der Dunkelheit. In einer unbekannten Sprache flüsterte sie einige Worte. Ein Seufzen, gewaltig wie eine aufkommende Sturmböe, antwortete, dann zog es sich zurück. Der warme Brodem verschwand, und alles schien wie vorher.

Nein, etwas war anders, Gaia war anders. Eine Unruhe, eine Unrast trieb sie umher; sie verschwand lautlos in den engen Schluchten ihres Labyrinths, um bald darauf genauso getrieben wieder aufzutauchen. Es bestand kein Zweifel, sie wußten es beide, ihre Zeit als Gast hier unten ging zu Ende.

Gaia nahm sie in ihre Arme, drückte sie an sich, wiegte sie in ihren Armen. Mit Tränen in den Augen half sie ihr durch den Schacht, hob sie über den Abgrund und wies ihr den Weg zu dem Spalt, durch den sie vor langer Zeit eingestiegen war. Grell fielen Sonnenstrahlen durch die Öffnung. Sie kniete nieder und füllte ihre Augen mit den blauen Tropfen, die das Licht des Tages für ihre Nachtaugen dämpfen würden.

Die Anklage lautete auf frevelhaftes Eindringen in die verbotene untere Ebene. Die Strafe lautete: Tod durch Opferung vor den Höhlen der Großen Göttin. Ein Tabu sei verletzt worden und müsse gesühnt werden mit einem Blutopfer. So befehle es das Gesetz, sagte Atrea, als Ranghöchste die Anklägerin im Tempelbezirk. Hagerer als je zuvor, mit tiefen Ringen unter den Augen, die von schlaflosen Nächten sprachen, stand sie aufrecht da. Der Angeklagten war alles gleich, sie fühlte sich verlassen, verraten von der Göttin, vom Tempelreich, von allen. Sollten sie sie doch töten, ihr Blut vergießen. Eine tiefe Müdigkeit, verstärkt durch mangelhafte Ernährung, hatte sie erfaßt.

Die Urteilsverkündung fand vor dem Portal des Großen Tempels statt. Als die Trommeln einsetzten, um die Urteilsvollstreckung anzukündigen, mitten am hellsten Tag, im vollen Licht der Sonne, sprang das Tor zur unteren Ebene auf. SIE war es, die es aufriß, und ohne ihre Eskorte kam sie herauf, Gaia, sprühend vor Zorn mit weit geöffneten blaustrahlenden Augen, unbehindert vom grellen Licht der Sonne. Ihre Stimme schallte über den Vorhof: „Wie könnt ihr es wagen, diese Fremde hier zu opfern, ohne mich zu befragen! Wie könnt ihr euch unterstehen! Die Fremde ist bei mir gewesen, mondelang. Wenn die Große Schlange sie hätte verschlingen wollen, so hätte sie das tun können. Die Große Schlange hat ihren Atem eingesogen, geprüft und sie angenommen. Hütet euch, hüte dich, Atrea, die Fremde anzurühren“. Eine Pause, dann sprach sie ruhiger: „Die Fremde hat Zutritt zur unteren Ebene, die Große Schlange wird sie dulden. Ich ernenne sie zur Obersten Priesterin des Heiligtums von Ela, ihr Name lautet von nun an Elea. Omar wird sie als Wahrerin der Gesetze und Verwalterin der Güter dorthin begleiten. Aber zögert nicht, reist, sobald ihr könnt. Und du, Atrea“, Gaia wandte sich jetzt zu Atrea, wollte weitersprechen, schwieg. Eine Zeitlang sahen sie sich schweigend an, dann stürzte Atrea auf die Knie, beugte ihren Rücken. Beide blieben gebannt in dieser Haltung, dann sank Atrea vollkommen zusammen. Doch schon kniete Gaia neben ihr, nahm sie auf in ihre Arme, erhob sich und trug sie wie ein Kind die Stufen hoch zu den Wohnkammern. Es dauerte lange bis sie zurückkam und dann, mit freundlichem Gesicht, nicht mehr die zornige Göttin, zum Tor der unteren Ebene schritt und im Torbogen verschwand.

Omar hatte ihr, Elea, die ganze Zeit zur Seite gestanden, schweigend. Omar war es, die sich jetzt als erste zu ihr wandte, die Arme um sie schlang und sie fest an sich drückte. Omars Flüstern an ihrem Ohr: „Jetzt können wir es anders machen, anders aufbauen, das System ändern. Gaia will es, ohne Zweifel, auch sie will Veränderungen. Am hellen Tag erscheint sie hier oben, erträgt bereits das Licht der Sonne“. Ach, das waren die blauen Tropfen, die sie Gaia überlassen hatte. Eine sehende Göttin bei Tag! Ein Anfang vielleicht. Was aber war mit Atrea? Omar erklärte es ihr: „Oberpriesterin im oberen Bereich, das genügte Atrea nicht. Die Teilung in oberen und unteren Bereich, Gaia unten abgeschlossen vom Leben, das wurde unter Atreas Leitung vollkommen. Nicht mehr Gaia sollte raten und helfen, nein, Atrea, die Oberpriesterin selbst, wollte die Stelle der Göttin ausfüllen, wollte die Göttin abschirmen von der Welt und von der Wirklichkeit". Nachdenklich schwieg Omar, fuhr dann zögernd fort: „Es ist seltsam, aber einige Frauen behaupten, Atrea liebe Gaia zu sehr. So sehr jedenfalls, daß sie Gaias Anblick nicht ertrage. Bei der Vermählung mit dem Stier sei sie nie zugegen, entziehe sich jeder Begegnung mit ihr. Ist es Haß oder Liebe? Was wissen wir denn von Atrea? Aber es war Atrea, die dich damals der Göttin übergab, als man dich fand. Alle dachten, du wärest ein Kind, da du nicht unsere Körpergröße hast, eine Gabe für die Göttin, aber nicht ein Opfer. Vielleicht gab Atrea dich der Göttin aus Mitleid mit ihrer Einsamkeit. Gaia hat schon seit Jahren kein Kind mehr geboren. Später, als deine enge Verbindung zu Gaia nicht zu übersehen war, später, als du dich eigenmächtig zu ihr begabst, bei ihr bliebst, ja, dann wurde es wohl übergroße Eifersucht, die Atrea zu so krassem Handeln trieb. Wer weiß das so genau."

DAS HEILIGTUM ELA

Viel später als geplant erreichten sie ELA. Die Reise war mühsam gewesen. Schnee, eisige Stürme begleiteten sie wochenlang, so daß sie genötigt waren, sich in Erdhütten zu verkriechen. Noch besaß die Sonne keine große Kraft, doch sie erschien immer früher und zeigte die Wiederkehr von Tag und Licht an. Der Schnee knirschte unter ihren Füßen, als sie sich dem Heiligtum näherten. Niemanden sahen sie, keine Priesterinnen, keine Tempelfrauen. Nur dunkle Vögel krächzten und flatterten auf, in ihrer bisher ungetrübten Ruhe gestört. Schneebedeckt wirkte die ganze Tempelanlage in dieser unheimlichen Stille wie ein riesiges Grab aus vergangenen Zeiten.

Göttin, wie konnte SIE denn hier leben! Eleas Herz klopfte hart. Die Flügeltüren des großen Portals standen weit offen, die Riegel waren zerfallen oder zerbrochen. Als leere schwarze Höhle bot sich der Eingang in die untere Ebene. Ein Weg ins Totenreich? Ihre Geparden glitten blitzschnell hinein. O Göttin, nur keine Bären oder ähnliche Bewohner! Nein, offensichtlich hatten sich hier keine eingenistet. Also, war zuweilen doch jemand hier? Sie riefen laut, ein schwaches Echo schallte zurück. War es das Echo ihrer eigenen Stimmen? Sie folgten den Geparden, entdeckten den Schein eines trüben Lichts. Eine Steinkammer, eine Öllampe und eine weibliche Gestalt mit ungekämmten grauen Haaren, hager. Ein Krächzen statt einer menschlichen Stimme empfing sie mit wirren Lauten. Tränen rannen über ein blasses Gesicht, überwältigt von Freude, endlich, endlich Priesterinnen der Göttin zu sehen. Ihr Geist schien in Jahren der Einsamkeit gelitten zu haben. Sie stammelte Unverständliches. Wie lange waren keine Gaben mehr gebracht worden, gab es keine Frauen mehr in der Umgebung? Sie gaben der weinenden Frau mit Streicheln und leisen Worten zu verstehen, daß jetzt alles anders würde. Sie reichten ihr Brot und Wein, mit Wasser vermischt. Die alte Frau beruhigte sich allmählich. Omar strich ihr immer wieder langsam übers Haar, während Elea mit einer Fackel in der Hand nach unten stieg. Staub, überall sah sie nur Staub, keine Spur von Leben. Jetzt müßte sich der Gang erweitern, einmünden in die Halle mit dem Altar der Göttin. Ja, da war er, bedeckt mit Staub. Daneben befand sich die Kammer, Aufenthaltsort der Göttin, wenn sie im Heiligtum weilte. Welche Dunkelheit! Die Fackel gab kaum genügend Licht. Sie befestigte sie in einer Halterung und drehte diese so, daß die Flamme höher brannte. Der Raum glitzerte im schwarzen Basaltgestein.

Auf dem erhöhten Ruhelager lag etwas, ein Gewand, nein, eine Gestalt, regungslos. Sie stürzte darauf zu, wollte sich über den Körper werfen, hielt sich zurück, berührte mit zitternden Händen den vertrauten Umhang. Gaia, da lag sie, leblos, kalt, nicht in gelöster Ruhestellung, nein, gekrümmt wie in großer Qual.

Sie rief nach Omar, öffnete die Gewänder, da stand Omar schon neben ihr, half ihr. Beide erstarrten. Zwischen Gaias Schenkeln lag ein Kind, es hing noch an der unzerrissenen Nabelschnur, schwarz, erstickt, tot. Keine Blut- und Wasserlache mehr, die längst getrocknet war. Das hier war also der Grund, weshalb Gaia gewünscht hatte, daß sie beide so bald nach ELA kämen. Sie wußte, sie würde ein Kind bekommen, hätte schon nicht mehr gebären dürfen, wußte, daß Omar ihr helfen mußte. Zu spät, sie kamen zu spät. Zu spät zu einer Göttin, die Hilfe brauchte!

In ihr brachen alle Dämme. Sie öffnete ihre eigenen Gewänder, umschlang mit ihren Armen den kalten Körper und drückte ihn an sich, an ihre warme Haut. Omar hatte die Nabelschnur durchschnitten und das Kind in ein Tuch gewickelt. Bei dem vergeblichen Versuch, mit ihren Händen Wärme in die kalten Glieder hineinzustreicheln, sprach sie immer wieder zu sich und zu Omar, „sie kann nicht tot sein, sie kann doch nicht tot sein, eine Göttin stirbt doch nicht!“

Sie wollte den kalten Körper nicht loslassen, wollte nicht aufgeben. Eine Idee, ein wahnsinniger Gedanke stieg in ihr auf: wenn es noch einen Funken Leben in diesem Körper gab, dann nur dort! Aber war es nicht Frevel, derartiges zu versuchen? Nein, sie hatte nichts zu verlieren.

Schmal wie einen Pfeil formte sie ihre rechte Hand und ließ sie langsam in den ihr vertrauten Körper gleiten. Es ging leichter als sie dachte, die Erweiterung hatte sich nicht rückgebildet. Vorsichtig ertastete sie das Gewebe der Nachgeburt, holte es behutsam heraus. Hatte sie Leben, Wärme verspürt im Innersten? Fast glaubte sie es.

Laß sie ruhen, meinte Omar, laß sie besser ruhen. Sie wünschte sich doch das Ende, gib ihr diese Ruhe. Nein, sie würde Gaia nicht loslassen, würde bei ihr bleiben, bis die ersten Flecken des Zerfalls sich zeigten. Und so lag sie neben ihr, hielt sie fest in ihren Armen, ungeachtet Omars leisen Protesten. Sie aß nichts, trank nur, um mit feuchten Lippen den kalten Mund neben ihr zu berühren, anzuhauchen. Es vergingen Tage.

Omar hatte ihren letzten Einwand aufgegeben, nachts legte sie sich an die andere Seite von Gaia. So hielten sie den leblosen Körper zwischen sich und warteten, Omar auf die unausbleiblichen Flecke und sie auf die erste Bewegung, Omar, so sachlich, so tatkräftig und so ohne Glauben an Wunder, und sie selbst dagegen mit ihren Träumen und ihrer winzig kleinen Hoffnung, die sie wachhielt.

Und die Bewegung kam. Nur eine Andeutung einer Bewegung, so gering, daß sie den Atem anhielt, um nichts davon zu versäumen. Ein zitternder Atemzug, eine Erschütterung im Körper. Omar, sie flüsterte, sieh nur. Beide schauten gebannt auf die Gestalt zwischen ihnen. Ja, sie atmete, nunmehr schwerer, rang nach Luft, ihr Körper begann zu zittern. Elea wagte es, nun sanft Gaias Stirn und Schläfen zu streicheln, flüsterte beruhigende Worte, bis das Zittern nachließ, die Atemzüge regelmäßig und fester wurden.

Kein Zweifel, sie lebte. Doch war sie sichtlich zu lange jenseits der Schwelle des Lebens gewesen, ihr Körper schien unbeweglich, gelähmt. Sie beide betteten sie um, wuschen sie, sorgten für sie, streichelten sie. Eines Tages endlich geschah, was sie so sehr erhofft hatten. Gaias Augen begannen zu leuchten, ihr Gesicht zeigte jenes zauberhafte Strahlen, das sie aus einer Priesterin zur Göttin machte.

Von diesem Moment an war etwas aufgebrochen, der Bann gelöst. Die alte Priesterin hatte nicht ihren Verstand verloren, sie besaß Vorräte an Öl und Wein, richtete den Vorhof, säuberte ihn. Die Botschaft, daß das Heiligtum ELA wieder von einer Göttin bewohnt sei, verbreitete sich schnell im Land. Die Frauen kamen wieder mit Gaben für die Große Göttin, sie boten Brot und Öl, baten um Rat und Beistand.

Der erste Frühjahrsvollmond nahte. Sonst Anlaß zu einer bedeutungsvollen Festlichkeit in den Tempelanlagen, gab es in ELA nur gedämpfte Erwartung: Eine leblose Göttin und draußen in der Welt Veränderungen, die unübersehbar die Priester des neuen Männergotts in Erscheinung treten ließen.

Wie alle Heiligtümer der Großen Göttin besaß auch ELA die aus warmen Quellen gespeisten Steinbecken mit heilendem Wasser. Gemeinsam mit der alten Priesterin hatten sie die vernachlässigten Becken gesäubert, hatten Gaia in ein Tragtuch gehüllt und in ein flaches Becken gelegt, daß die Göttin durch das Wasser, das sie aus der Erde spendete, sich auch selbst heilte. Omar und Elea hatten beschlossen, Gaia bei sich, bei den Quellen zu behalten, sie nicht mehr hinunterzutragen in die dunkle Kammer, und Gaia erhob keinen Einspruch. Die Nachtaugen der Göttin, bei Tageslicht nur gedämpft durch die blauschimmernden Tropfen, gewöhnten sich bald an die Helligkeit. Die blaue Tönung der Iris verschwand und hervor kam eine tiefdunkle, fast schwarze Färbung, zwei unergründliche Seen. Gaias Gesicht, ihre Gestalt war schmal geworden, die Ähnlichkeit zwischen ihr und Omar trat deutlich zutage. Unübersehbar stammte Omar aus Gaias Schoß. Aber ihre dunkle Hautfarbe? Omar erklärte es ihr: „Mein Vater war einer der letzten Stiermänner, die noch fair und ehrlich um die Göttin kämpften. Er muß sehr groß und schlank gewesen sein, von wunderbar schwarzer Hautfarbe, keiner dieser dröhnenden weißen Riesen. Welche Katastrophe damals für Atrea: Ich, ein Bastard aus Gaias

Schoß. Aber opfern durfte man mich nicht, da ich aus ihrem Schoß stamme, bin ich unantastbar".

Der erste Frühjahrsvollmond

Der erste Frühjahrsvollmond stand am klaren Nachthimmel. Dies war ein Fest der zärtlichen Berührung. Die Frauen umarmten sich, streichelten sich. Sie saß abseits, fühlte sich gehemmt durch ihre monatliche Blutung, fühlte sich traurig und unruhig, spürte den heftigen Wunsch nach Zärtlichkeit. Sie blickte zu Gaia hinüber. Omar salbte Gaia, verteilte behutsam Öl auf ihrem Gesicht, auf ihrem Körper. Sie sah, wie Omars Hände noch sanfter als sonst streichelten und sie Gaia zärtlich und lange auf den Mund küßte, sich dann erhob und entfernte. Sie fragte sich, wo Omar bei solchen Gelegenheiten blieb. Zu Beginn und am Ende war sie immer da, um für Gaia zu sorgen, aber was tat sie dazwischen?

Immer noch saß sie unschlüssig da, spürte noch stärker den Wunsch nach Berührung. Ihr Unterleib schien ihr groß, geschwollen, ihr Spalt, ihre Mitte dehnte sich, verlangte nach Wärme, nach einem weichen Halt. Aber die Berührung, nach der sie sich sehnte, diese Hand war ohne Kraft. Schon der Gedanke beschämte sie, nach der Hand, dem Körper einer leblosen Göttin zu verlangen. Wieder sah sie zu Gaia hinüber, diese hielt die Augen geschlossen. Sinnlos, darüber nachzudenken.

Sie erhob sich, wollte sich entfernen, spürte, wie sich bei dieser Bewegung in ihr ein Blutstrom löste, und das Fließen in ihr ein sinnlich-wohliges Gefühl erregte. Sie konnte nicht anders, sie mußte sich in Gaias Nähe begeben.

Als sie sich ihr näherte, öffnete Gaia die Augen. Ihre Blicke trafen sich, blieben ineinander versenkt. War da eine Bitte in den Augen der Göttin?

Beim nächsten Schritt, den sie auf das Lager zutrat, spürte sie die warme Flüssigkeit ihre Schenkel entlangstreichen. Gaias Augen blieben auf sie gerichtet. Lag in ihnen wirklich eine Bitte, ein Wunsch, oder sah sie nur den Reflex ihres Verlangens? Die Augen ließen sie nicht los.

Sie wollte sich am Rande des Lagers niedersetzen, doch Gaias Lippen bewegten sich, versuchten, etwas auszusprechen. So beugte sie sich über sie.

In den dunklen Augen der Göttin schien etwas aufzuflackern, mehr als ein Funke, ein Blitzstrahl, ein Wunsch, eine Bitte, ein Befehl? Jede Überlegung setzte bei ihr aus. Sie öffnete ihren und Gaias Umhang, ließ sich auf die ausgestreckte Gestalt gleiten, schmiegte sich an sie. Schon spürte sie den nächsten Blutstrom. Einem von wo auch immer herrührenden Impuls folgend drückte sie sich eng an Gaia, wünschte, diesen Strom warmer Flüssigkeit in den anderen Körper einfließen zu lassen. War es Frevel, was sie da tat? Ihre Augen waren nicht von Gaias Gesicht gewichen. Gaia lächelte, ihre Augen leuchteten.

Jetzt ließ sie jegliche Zurückhaltung fallen. Sie drückte ihren Venushügel gegen den der anderen, fühlte, wie die Bewegung einen weiteren Strom auslöste, den sie fließen, einsinken ließ. War der Körper unter ihr größer geworden, lebendiger? Ihr schien, als antworte er aus eigener Kraft, bewege sich, erst schwach, dann stärker nach jedem weiteren warmen Fluß. Dies war nicht mehr die bleiche, leblose, schattenhafte Gaia, dies wurde zusehends die kraftvolle Göttin, die sich nun voll Lust den Bewegungen überließ, mit dem Druck ihrer Hände zu verstehen gab, wonach es sie verlangte. Und ihr die Möglichkeit bot, endlich jene Fremdheit und verborgene Scheu zu überwinden, die sie dieser Frau immer entgegengebracht hatte, und die sie bisher wie eine unsichtbare Mauer nie hatte durchbrechen können.

Nach diesem Fest schien alles wieder zu verlaufen wie in den früheren, glanzvollen Zeiten. Allen sichtbar lebte hier Gaia, die Große Mutter. Wer ihren Rat brauchte, rief sie und erhielt Antwort, durfte ihr nahesein. Doch ebenso wie früher verschwand sie, tauchte für unbestimmbare Zeit unter in tiefere Ebenen.

Vom großen Tempel erreichte endlich eine Delegation das Heiligtum ELA. Alma führte die Delegation an. Schön wie ihre Mutter Gaia selbst. Mit stockender Stimme berichtete sie vom offenbar endgültigen Verschwinden der Göttin. Seit Monden kam kein Lebenszeichen von ihr, und eines Nachts sei Atrea, Gaias Namen rufend, durch die große Pforte nach unten geeilt. Sie sei nicht mehr zurückgekommen, sie habe die Göttin und den eigenen Tod dort unten gesucht. Omar nahm Alma an die Hand. Sie gingen zusammen in Gaias Halle, und alle hörten Almas Aufschrei bis in den Vorhof hinaus. Alma, die Stolze und Kühle, lag vor Freude weinend in Gaias Armen.

Am nächsten Tag saßen sie lange zusammen und sprachen über die Weiterführung des Gemeinwesens. Der Beschluß lautete, Alma solle im Großen Tempel den Platz der Göttin übernehmen. Aber nicht mehr in der Tiefe der Erde solle sie leben. Keiner ihrer Töchter, keiner ihrer Priesterinnen wolle die Große Göttin dieses Schicksal mehr abfordern. Die Zeiten würden sich ändern und die Anhänger des männlichen Gottes immer mächtiger. Es wurde notwendig, den Göttinnendienst auf die obere Ebene zu verlegen.

Alma und ihr Gefolge reisten ab, begaben sich zurück zum Großen Tempel. Tage, Nächte vergingen. Da geschah es. Ein Grollen drang aus der Tiefe des fernen Gebirges, an dessen Ausläufern ELA errichtet worden war. Rauch quoll aus den Schlünden des Massivs, verdeckte den Blick zum Himmel wie eine unklare Drohung.

Und eines Nachts erreichten zwei Priesterinnen ELA. Schwer verletzt hielten sie sich nur aufrecht durch den Wunsch, der Göttin und ihren Priesterinnen in ELA zu berichten: Alma und ihr Gefolge seien tot, erschlagen worden, gleich nach ihrer Ankunft im Großen Tempel. Es war eine Horde von Ausgestoßenen, sie hatten den Tempel bereits besetzt gehalten, als Alma und ihr Gefolge dort ankamen. Der Kampf war für die Frauen aussichtslos gewesen. Was hatten sie mit ihren einfachen Waffen, Steinschleudern, Pfeil und Bogen, die sie sonst nur gegen Angriffe von Bären und Gebirgslöwen einsetzten, was hatten sie da ausrichten können gegen die scharfen Metallschwerter der Männerhorde? Um jeder späteren Schmach zu entgehen, hatten sich die Frauen am Ende selbst den Schwertern entgegengeworfen. Alma, die große, schöne, ihr war es gelungen, eine dieser neuen Waffen zu ergreifen. Mit beiden Händen hatte sie sie gehalten, geschwungen, sich verteidigt, bis auch sie zusammenbrach und verblutete. Keiner der Männer jedoch hatte es gewagt, sich an Almas totem Körper zu vergehen, wie sie es mit den anderen Frauen taten.

Gleich danach begann es im Berg zu grollen. Steine, Felsen lösten sich, der Berg kam ins Rollen, deckte alles zu, begrub gnädig und standesgemäß seine Töchter. Das Große Heiligtum der Gaia, Göttin der Erde, lag für immer unter Geroll und Felsen begraben.

Trauer und Entsetzen in ELA. Omar und Elea fragten sich voll Schmerz, ob dieses Unglück, dieses Verderben des Großen Tempels etwa nur durch die Abwesenheit der Großen Göttin gelingen konnte. Waren sie beide Mitverursacherinnen durch den Aufbau ihres neuen Gemeinwesens in ELA? Hatten sie den Großen Tempel durch die Fortnahme der Göttin preisgegeben?

Aufrecht und unbewegt, wie erstarrt hatte Gaia die Botschaft aufgenommen, hatte die beiden Frauen selbst befragt, die dem Massaker entkommen waren, hatte sich dann mit rauher Stimme geäußert: „Der Berg bebte. Unsere Mutter, die Erde, hat geschrien. Bei jedem gewaltsamen Tod ihrer Töchter schreit sie. Dieser Schrei galt den Priesterinnen des Großen Tempels. Aber sie wird wieder schreien, und sie wird allen Grund dazu haben". Sie hielt inne, schwieg lange. Mit wärmerer, klarer Stimme fuhr sie fort: „Wir wissen nicht, ob und wann es über uns hereinbricht, das Ende oder ein ungewünschter Anfang. Wir wollen jetzt schon planen. Wenn auch hier in ELA das Ende gekommen ist, dann gehst du, Omar, nach Westen, folgst dem Sternbild der Plejaden. Dort lebt das Volk, aus dem dein Vater stammt. Du wirst es finden, denn es hat gewaltige steinerne Berge gebaut, Berge für die Ewigkeit, mit Treppen, um den Gestirnen näherzukommen. Es wird dich aufnehmen, du siehst ihnen so ähnlich. Nimm unsere Priesterinnen, sofern sie noch leben, mit dir. Und du, Elea, mein kleiner Zauberstein aus dem All, du wirst nach Norden flüchten. Ich habe dein drittes Auge wahrgenommen, habe es mit einem Kristall versehen, es wird dir helfen, dich bewahren. Du bist Zeugin dieses Geschehens, du wirst berichten, wirst nicht untergehen, denn du bist nicht von hier".

Wieder eine lange Pause, dann sprach sie mit leiser Stimme: „Ich selbst werde mich dann nach unten begeben, so tief wie nie zuvor. Die Große Schlange wartet auf mich. Wie alles weitergeht, liegt im Dunkel. Werden mich die Frauen eines Tages überhaupt noch rufen? Werden sie spüren, daß sie mich brauchen? Werden sie überleben? Die Handhabung der Waffe geriet ihnen nie zum Lebensinhalt, war nur eine notwendige Begleiterscheinung. Die neuen Menschen, die nun kommen, sind anders, denken, handeln anders. Ihre männlichen Götter sprechen von Rache, von Gewalt, und immer wieder von Rache. Rache, die wir in diesem Sinne nicht gelten lassen, sondern als zwangsläufige Folge eines zerstörerischen Wahns erkennen und von den Gesetzen einer nicht eben barmherzigen Natur beantworten lassen. Die neuen Menschen und ihre Form der Rache, sie beide werden die Welt mit ihren Waffen überdecken, zuschütten und begraben. Doch ebenso folgerichtig wird dann die Antwort von IHR, der Unnennbaren, folgen. SIE wird sprechen, das Gesetz wird seine Anwendung finden, und dann ist es für alle zu spät, alle werden untergehen, Schuldige und Unschuldige. Doch das wird alles in sehr ferner Zeit sein, denn SIE mißt die Zeit nicht nach unseren Maßstäben, was für uns Jahrtausende sind, ist für SIE ein Augenblick".

Nach diesen Worten stand Gaia auf, wandte sich nicht zum Portal zur unteren Ebene, sondern verließ ihr Heiligtum, schritt durch das Tor zur Außenwelt und verschwand im verlöschenden Licht der anbrechenden Nacht.

Mit brennenden, trockenen Augen lag Elea die ganze Nacht über schlaflos auf ihrem Lager. Tränen? Hierfür gab es keine Tränen. Das Ende. Es war ja bereits ausgesprochen, ein Ausweichen gab es nicht mehr. Ihr schien, als wäre ihr Leben ständig mit dem Begriff „Ende" verknüpft. Und nun sie, Gaia, die Andere, zu verlassen . . . Ihr ganzes Ich krümmte sich zusammen vor Schmerz. Daran mußte sie sich gewöhnen. War dieser Schmerz ihr nicht gar schon vertraut?

Einige Tage später, als sie zusammen mit Omar durch einen Nebenausgang das Heiligtum verlassen wollte, lagen dort zwei Frauen, erschlagen am Steinaltar. Das Blut war noch nicht getrocknet. Ein kalter Wind pfiff von Norden her, es war dämmrig, denn seit Tagen stieß der Bergkegel im Großen Massiv Asche hervor. Sie mußte sich übergeben, roch den Duft der Lavendelstaude, in die hinein sie sich erbrach. Beide Frauen hatte sie gut gekannt, Mutter und Tochter, sie waren oft zum Tempel gekommen. Omar war blitzschnell verschwunden, kam lautlos zurück, zerrte sie vom Boden hoch, stieß sie zurück in den Eingang, drängte sie weiter und flüsterte: „Schnell, sie sind da. Wir sind eingeschlossen. Es ist eine riesige Horde. Das Dorf haben sie schon eingeäschert". Das war es also, dieser Geruch in der Luft nach verbranntem Holz, verkohlendem Fleisch.

Durch den Seitengang näherten sie sich lautlos der Hauptstätte, da hörten sie schon das Toben der Horde. Steinplatten kippten sie aus den Fugen, zerschmetterten sie auf dem Boden. Das Aufsplittern schwoll im Echo der Höhlen zu einem ohrenbetäubenden Krachen. Omar stolperte über einen Körper, es war die alte Priesterin. Tot. O Göttin! Wo waren die beiden anderen, wo war Gaia? Hatte Elea die Frage laut hinausgeschrieen? Wollte sie sich geradewegs in die Schlacht stürzen auf der Suche nach ihnen und nach Gaia? Omars Arme umklammerten sie, Omars Stimme zischte in ihr Ohr: „Sie ging nach unten bei Sonnenaufgang, schloß die Pforte fest hinter sich zu wie immer, wenn sie lange untenbleibt". Göttin, komm nicht mehr hinauf. Bleib bleib bleib unten! Für immer!

Omar hielt sie mit festem Griff, zerrte sie zum Ausgang. Raus hier! Sie erreichten das Freie. Das Licht des Tages schien noch dunkler als zuvor. War da noch mehr Rauch und Asche in der Luft? Omar ließ sie nicht los, zog sie hinter sich her, bergab in Richtung der großen Ebene. Einmal hielt sie an, bückte sich, hob eine Steinplatte. Darunter lag Kleidung: ein Lederwams, Lederhosen, Lederschild, Steinschleuder und ein Schwert. Sogar ein Schwert. Zweimal geatmet und neben ihr stand nicht mehr Omar, die Priesterin, sondern Omar, ein Mann. „Omar, was tust du?" „Verstehst du denn nicht? Ich habe geahnt, was nun kommen wird. Ich habe mich mit der neuen Waffe vertraut gemacht, bin immer allein fort zu den Männern ins Dorf, hab mich dort in Waffenführung geübt. Ich habe dieses Schwert selbst geschmiedet, ein Händler tauschte mir einen Metallbrocken gegen ein Amulett. Es ist unsere einzige Rettung. Ich muß als Mann gehen, und du wirst meine Frau, besser, meine Sklavin sein. Wenn du nach Freiheit riechst, erschlagen sie dich. Ein Glück, daß du nicht so groß bist wie ich und meine Schwestern".

Sie hasteten bergab. Elea fühlte sich außerstande, selbst zu denken, zu handeln. Sie empfand alles wie einen kalten Traum, als stünde sie neben sich und schaute ihrem Tun zu. Wieder fiel ihr ein: die beiden Priesterinnen! Omar rief zurück: „Sie waren beim Hauptaltar, da, wo die Horde eben wütete. Was glaubst du, was von ihnen noch übrig ist?" Omar ließ ihre Hand nicht los, sie rannten, rannten. Schon lagen die Hügel mit dem Heiligtum ELA weit hinter ihnen. Da geschah es. Ein Aufheulen wie von tausend Dämonen zwang sie, sich umzudrehen. Sie erstarrten. Flüssig glühend, rotglühend, blitzschnell wie gierige Zungen hastete es den Bergkegel hinunter, das ganze Felsmassiv leuchtete wie Drachenblut, Glutströme überfluteten Hügel und Täler. Jetzt schrie der Berg, schrie die Große Schlange, oder schrie die Erde selbst? War dies bereits der Tod der Großen Göttin?

Das Licht verdunkelte sich, dichter Aschenregen füllte die Luft. Jetzt bebte die Erde. Das glühende Felsmassiv hinter ihnen brach auseinander und ein flammender Steinregen ergoß sich auf Berg und Ebene.

Sie liefen um ihr Leben. Der Schrei war verstummt.

EPILOG

Hektik, wie immer gibt es Hektik in der Zentrale der Vereinigten Galaxis Television Company. Morris dreht sich genußvoll um die eigene Achse, rotiert, wie er es gerne nennt. Der Riesenbildschirm der Spektrumsröhre Beta 13 flimmert: – abrufe beta 13 – kommen – ergebnis kommen – beta 13 – fündig – beta 13 – kamera: bildübertragung. Jetzt erscheint die Beschriftung: – beta 13 – erdrechnung jahr 3005 – filmprojekt 40 – aufnahme durch objekt PA 1300800 weiblich – sitz der kamera: gürtelschnalle. -

Der Film beginnt: Anfang des Scripts

Was sie wieder zu sich brachte, war ein reißender, alles betäubender Schmerz ...

Morris' Stimme: „Verflucht nochmal, wie kommt sie dazu, den Gürtel wegzulegen. Die Schnalle, in der die Kamera steckt. Verdammt, wir hatten doch alles so gut berechnet, ihr für das Loch im Kopf nichts als die Schnalle gelassen. Alles hätte sie wegwerfen können, aber nicht die Schnalle! Alle Kosten zum Teufel, wer soll das jetzt noch finanzieren?" „Ach Morris, halt den Mund. Immerhin haben wir einiges auf dem Film. Die Geschichte in der Grotte mit der Riesin, die holt alles raus. Da kriegen wir Tantiemen, das ist super. Außerdem schneiden sich die Historiker da auch noch einen Happen weg, sollen die doch zahlen". „Na gut, die Kosten holen wir schon irgendwie rein. Aber das nächste Mal bitte eine sorgfältigere Planung und einen Planeten mit besserer Besetzung. Vielleicht Lebewesen wie Schlangen. Aufnahmen eines Menschen, der sich mit Schlangen paart".

„Morris, was machen wir mit PA 1300800, sollen wir sie zurückholen?" „Nein, warten wir, bis alle Gelder bei uns eingelaufen sind. Wer wird dafür sonst die Kosten noch übernehmen? Verlorengehen kann sie nicht, sie hat ja den Sender im Kopf. Inzwischen wird sie sich irgendwie durchbringen müssen, als Spezialistin für Liebe unter Frauen. Auf dem Planeten haben ja ohnehin die Frauen den Schlüssel für die Speisekammer".

„Morris, jetzt reichts. Wenn nicht sofort etwas geschieht, werde ich den Vereinigten Galaktischen Frauenrat alarmieren!" Annas Stimme dröhnte durch den Verstärker. „Ok, Anna, tu, was du nicht lassen kannst, fahr hin, hol sie". Annas Sucher gleitet über den Bildschirm beta 13, spektrum 13008 – fündig. Sie zieht den Ausschnitt hervor, vergrößert, legt den Raster über das Bild, notiert Längen- und Breitengrad des Fundes. Sendet auf Suchfrequenz: PA 1300800 weiblich, lebend, ja lebend. Der Sender antwortete.

Einige Wochen später nimmt sie einen Transfer nach Alpha 6. Den Flug nach Beta 13 wird sie dort buchen, nur Hinflug. Sie wird ihre Spur hinter sich verwischen, keine Kamera, kein Sender wird ihr folgen können.